선시, 우리를 자유롭게 한다

향적 스님의 선시해설

선시,
우리를
자유롭게
한다

조계종
출판사

서문

이번에 출간하게 된 선시禪詩 해설집《선시, 우리를 자유롭게 한다》에 실린 선시들은 필자가 가야산 해인사 지족암 법회 때 신도들과 함께 읽었던 것들이다. 선시는 선사禪師의 정신적 사리라고 해도 과언이 아닐 것이다. 이 땅에 불조혜명을 밝힌 선사들의 깨달음의 경계가 고스란히 깃든 선시들을 암송하면서 필자는 잠시나마 풍진 세상의 시름을 내려놓곤 했다.

선시를 음미하면서 필자가 느꼈던 정신적 감흥을 독자들과 함께 교감하길 바라는 마음에서 부족하지만 한 권의 책을 출간하게 되었다. 한자는 난해하다는 선입견 때문에 선시를 읽지 않는 이들이 더러 있다. 한자세대가 아닌 이들에게 이 책이 선시에 대한 관심과 흥미를 느끼게 하는 계기를 만들어줬으면 하는 바람이다.

책을 준비하면서 기대만큼이나 두려움과 부끄러움이 컸던 것도 사실이다. 시인이 아닌 까닭에 주제 넘는 일을 하는 게 아닌가 하는 생각이 들었다.

필자는 시詩라는 한자를 가슴에 새기면서 용기를 내게 됐다. 보다시피 시詩는 말씀 언言과 절 사寺가 합쳐진 회의會意 문자이다. 전문적으로 고전문학을 전공한 이들에 따르면, 시詩는 '말씀의 창고'라는 뜻이라고 한다. 하지만 필자의 눈에는 시가 '말씀의 사원'처럼 보였다. 더욱이 선시는 선사가 쓴 시이기에 말씀의 사원이라는 정의에 더 부합해 보였다.

독일의 시인 횔더린Friedrich Hoderlin의 시구는 선시해설집을 출간하는 데 큰 힘이 되었다. 횔더린은 〈궁핍한 시대의 노래〉에서 "인간은 이 땅 위에서 시적으로 거주한다"라고 노래했다. 솔직히 필자는 한동안 이 구절의 뜻을 제대로 이해하지 못했던 터라 화두처럼 가슴에 새겨야 했다.

그러던 어느 날 하이데거Martin Heidegger의 책을 읽던 중 "예술의 본질은 시詩 짓기다. 그러나 시 짓기의 본질은 진리의 정립이다"라는 구절을 읽고서 횔더린의 시구를 이해할 수 있었다. 그리고 나자 '선사들의 삶이야말로 이 땅 위에 시적으로 거주하는 삶'이라는 생각을 갖게 되었다. 선사들은 오도송이나 열반송을 통해 깨달음의 세계를 남겼다. 주지하다시피 시는 지시 언어가 아닌 비유 언어이다. 더욱이 '불립문자不立文字 교외별전敎外別傳'의 가풍을 지켜온 선사들의 입장에서 보자면 선시는 '소리 앞의 한 구절[聲前一句]'이자 '소리 뒤의 한 구절[聲後一句]'이고, 나아가서는 '소리 밖의 한 구절[聲外句]'이라고 할 수 있을 것이다.

흔히 시인을 일컬어 '잠수함의 토끼'라고 비유한다. 시인의 사회적 역할이 생명에 위협을 느끼는 수위에 다다르면 고함을 지르는 '잠수함의 토끼'와 같기 때문이다. 유사 이래 수많은 시인들이 자유를 노래했다. 선시도 자유를 노래하기는 마찬가지이다. 선사들은 선시를 통해서 욕망으로부터 벗어나 해탈을 얻길 권했다는 점에서 정치적인 자유가 아닌 정신적인 자유를 지향했다는 차이는 있다. 그래서 '시인은 선을 말하지 않는 선사이고, 부처님과 조사는 시를 쓰지 않는 시인'이라고 말하는지도 모르겠다.

이번에 선시 해설집을 출간하게 된 것은 러시아 작가 안톤 체홉Anton Pavlovich Chekhov의 〈세 자매〉라는 연극대사 중 "시가 없는 노동, 사상이 없는 노동은 우리를 권태롭게 하고 행복에 대한 억센 충동을 아무런 메아리도 없이 사라지게 할 뿐이다"는 내용을 피부로 공감했기 때문이다. 또한 세상 사람들이 선시를 통해 현실 생활의 무료함이나 삭막함을 잠시나마 잊고 내일에 대한 희망을 품고 새로이 출발할 수 있기를 바라는 마음이 컸기 때문이다. 실제로 대부분의 인간은 현실의 삶을 긍정하고 만족하기보다는 내일의 이상을 동경하면서 산다.

시에는 인간과 우주만물을 하나로 융합하는 생명초월의 미학이 담겨 있다. 그리고 선시에서 지향하고 있는 인간의 시원적始原的 사유는 존재에 대한 은총의 메아리이다. 선시는 언어의 근원이다. 그런 까닭에 선시는 존재의 음성에 순종하며 존재의 소리를 전하는 지극히 성스러운 작업이라고 할 수 있다. 그 언어로부터 존재의 진리가 확연히 드러난다. 존재의 언어는 우리에게 커다란 물리적인 소리로 다가오는 게 아니라 오직 나직함 울림, 혹은 '고요의 울림'으로 다가온다. '고요의 울림'은 '존재와 무'를 초월해 '색즉시공色卽是空'의 경계를 노니는 선사들의 깨달음의 깊이를 일컫는 것이기도 하다.

끝으로 이사理事에 무애無碍하시고 이 시대의 선지식이자 언어의 전

법傳法 종사로서 필자에게 많은 가르침을 주신 정휴 스님이 손수 이 글을 감수해주신 데 감사드리며, 원고를 정리해준 정휴 스님의 문학 제자 유응오 작가와의 지중한 인연에도 고마운 마음을 전한다.

 여법하게 책을 만들어 준 조계종출판사 김용환 사장과 정성어린 편집으로 책의 가치를 빛내 준 고주리 팀장을 비롯해 관계자들의 노고에 감사 드린다.

 이 선시 해설집을 무無에 진상하듯 저와 소중한 인연이 있는 분들에게 바치는 바이다.

가야산 지족암蘿月軒에서 향적

차 례

문을 여니 꽃이 웃으며 다가오고

동곡東谷 일타日陀 스님[*]

몰록 하룻밤을 잊고 지냈으니
시간과 공간이 어디에 있는가?
문을 여니 꽃이 웃으며 다가오고
광명이 천지에 가득 넘치는구나!

頓忘一夜過
時空何所有
開門花笑來
光明滿天地

[*] 동곡 일타 스님 (1929~1999)
1929년 충남 공주에서 태어났다. 14세 때 친인척 41명이 모두 출가하자 양산 통도사로 고경 스님을 찾아가 출가했다. 1949년 범어사 금강계단에서 동산 스님을 계사로 비구계와 보살계를 수지했다.
1951년 강원도 오대산 서대에서 조계종정이었던 혜암 스님과 함께 생식을 하고 장좌불와長坐不臥하며 하안거를 마치고 일주일간 하루 3,000배씩 기도한 다음 손가락 열두 마디를 태우는 '연지연향燃指燃香'을 발원했다. 1984년부터 1986년까지 해인사 주지를 역임하면서 대중공의를 통한 종무행정으로 종립의 위상을 강화했다.
1994년 원로회 의원으로 추대된 일타 스님은 은해사의 조실로 후학을 지도했으며 1999년 미국 하와이에 병 치료 겸 요양차 건너갔다가 그해 하와이 와불산 금강굴에서 세수 71세, 법랍 58세로 열반했다.

필자의 은사인 동곡東谷당 일타日陀대종사는 26세에 오대산 상원사 적멸보궁에서 7일간 철야용맹정진 후 오른손 다섯 손가락 중 열 마디를 연비하면서 세속적인 인간의 욕망을 끊고 부처님 법대로 철저히 수행하여 속히 견성성불見性成佛하겠다는 발원을 세웠다.

그리고 1955년 27세에 태백산 도솔암에 6년을 결사하고자 홀로 들어가 염화미소 화두를 들고 참구하였다. 동구불출洞口不出 오후불식午後不食 장좌불와長坐不臥 정진하던 중 마침내 1956년 3월 22일 이른 아침 방문을 열고 나오는 순간 홀연히 돈오頓悟하고 법희선열法喜禪悅 속에서 오도송悟道頌을 읊었다.

은사스님은 당시를 회상하면서 "선방 앞 화단에 조그마한 목단 꽃봉오리를 보고 들어가 입선 죽비를 치고 방석에 앉았는데 눈을 뜨고 방문을 열고 나오니 목단 꽃이 활짝 피어 나를 향해 미소 지으면서 달려왔다"고 했다. 그때서야 일일일야를 정진삼매 속에 있었다는 것을 깨달았다고 했다.

일타 스님은 자주 태백산 도솔암에서 수행하던 때를 회고하면서 제자들에게 수행의 중요성을 강조했다. 당시의 정진삼매 체험은 수행자의 삶에 큰 재산이 되었던 것이다. 일타 스님은 백척간두 진일보의 정신으로 참선한 끝에 본래면목本來面目을 홀연히 깨달았다. 일타 스님이 일일일야 정진삼매 끝에 법희선열을 느낀 것은 시공간을 초월한 경계를 맛봤기 때문일 것이다. 인간은 시간과 공간에 매여 생활할 수밖에 없다. 하지만 수행자는 정진삼매를 통해 시간과 공간을 초월할 수 있다. 사람은 누구나 죽음이 다가오는 공포를 느끼게 돼 있다. 시간과 공간 속에 생사가 존재하기 때문이다. 하지만 시간과 공간을 초월한 수행자라면 생사가 어디에 존재하겠는가?

선禪이란 흐르는 대로 마음을 맡기는 것이고 자재自在한 생명을 드러내는 것이다. 그런 까닭에 삼매三昧의 경지를 아래와 같이 표현하는 것이다.

아간운산我看雲山 역망아亦忘我

구름과 산을 보다가 나까지 잊어버리는 경계, 그렇게 나를 잊어버린다면 그 무엇이 나의 자유를 구속하겠는가?

제망매가 祭亡妹歌

월명사[*]

생사의 길이	生死路隱
예 있음에 머뭇거리고	此矣 有阿 米次肣伊遣
나는 간다는 말도	吾隱去內如 辭叱都
못다 이르고 갔네	毛如 云遣 去內尼叱古
어느 가을 이른 바람에	於內 秋察 早隱 風未
여기 저기 떨어질 잎처럼	此矣 彼矣 浮良落尸 葉如
한 가지에서 났으나	一等隱 枝良 出古
가는 곳을 모르니	去奴隱處毛冬乎丁
아, 미타찰에서 만날 우리	阿也 彌陀刹良 逢乎吾
도 닦아 기다리노라	道修良 待是古如

[*] **월명사** (? ~ ?)
신라 경덕왕 때 스님. 향가와 범패에 능했을 뿐만 아니라 피리를 잘 불었다고 전해진다. 《삼국유사》에 따르면, 그는 어느 날 길가에서 피리를 불었는데 소리가 하늘을 움직일 만큼 간절해 달조차 가던 길을 멈추고 피리 소리를 들었다고 한다.

신라 향가의 수작으로 꼽히는 〈제망매가〉이다. 제망매가의 사전적 의미는 '죽은 누이를 추모하는 노래'이다. 따라서 나는 간다는 말도 못 다 이르고 간 것은 월명사의 누이이다. 어느 가을 이른 바람이라는 표현은 누이가 요절했다는 것을 암시하고 있다. 〈제망매가〉의 최고 압권은 말미에 있다. '한 가지에서 났으나 가는 곳을 모르니'라는 표현에서는 인생무상의 쓸쓸함을 느낄 수 있다. 이 구절을 읽으면 가슴속에도 마파람이 이는 것만 같다. 그런데 말미에서 월명사는 시의 정조를 일시에 바꾸고 있다. 미타찰 즉, 서방정토라는 불교적 이상향을 제시함으로써 삶과 죽음이 다르지 않다는 생사일여生死一如의 깨달음을 전하고 있는 것이다. 왜 아니랴? 가을바람에 낙엽을 떨어뜨리는 나무도 봄이 되면 새순 돋는데. 자연의 이치처럼 우리의 인연도 그러하리라.

물 밑의 그대를 우연히 만나

진각眞覺 혜심慧諶 스님[*]

못가에 홀로 앉아
물 밑의 그대를 우연히 만나
묵묵히 웃음으로 서로 바라볼 뿐
그대를 안다고 말하지 않네

池邊獨自座[**]
池底偶逢僧
默默笑相視
知君語不應[***]

[*] **진각 혜심 스님** (1178~1234)
전남 화순에서 태어나 일찍이 진사에 급제해 대학에 들어갔으나 어머니의 병환으로 인해 벼슬을 버리고 입산했다.
송광사에서 보조국사에게 득도, 지리산 금대암에서 용맹정진했다. 화두를 들고 가부좌를 틀고 앉으면 눈이 내려 이
마까지 쌓여도 자리에서 일어나지 않을 만큼 그 수행이 치열했다. 진각 스님은 백척간두에서 자리를 버리고 자유로
이 걷는 법을 체득해 훗날 《선문염송禪門拈頌》이라는 선가의 비전秘典을 남겼다.
[**] **독자좌 獨自座:** 혼자 앉다.
[***] **어불응 語不應:** 말이없다.

연못가에 홀로 앉았다가 물비늘에 비친 스님의 모습을 본다. 그 순간 시적 화자는 물가에 비친 스님을 보고서 그저 묵묵히 웃을 뿐이다. 자기 자신을 보고서 아는 체를 하는 것도 겸연쩍기 때문이리라. 도저하고도 선의 예지와 직관이 겸비된 선시라고 할 수 있다. 이 시편의 백미는 3행의 '묵묵소상시默默笑相視'이다. 이 대목에서 주객主客이라는 양변도, 공색空色이라는 양변도 불이不二의 경계에 들어서 중도中道의 꽃을 피운다. 내용만큼이나 형식도 빼어난 수작秀作이다. 물가에 비친 자신의 모습을 보면서 살포시 웃는 스님을 떠올려 보라.

진각 스님의 심상풍경을 엿볼 수 있는 작품이다.

사유와 직관이 깊은 시인의 심상에는 산이 움직이고 돌이 숨을 쉬고 벼랑 끝에서 꽃이 웃는 기현상이 나타난다. 진각 혜심 스님은 수면 위에 나타난 자신의 모습을 직관하는 마음의 거울을 가지고 있음을 우리에게 내보이고 있다.

은하수 길어다가 차를 달이니

진각 혜심 스님

바위산 높고 높아 그 깊이를 알 수 없네
그 위에 높은 누각이 있어 하늘 끝에 닿았네
북두칠성으로 은하수 길어다 차를 달이는 밤
차 끓는 연기가 달의 계수나무를 감싸네

嚴叢屹屹知幾尋
上有高臺接天際
斗酌星河煮夜茶
茶煙冷鎖月中桂

필자가 머물고 있는 가야산 해인사 지족암은 한여름 밤이 장관이다. 은하수가 머리 위로 쏟아져 내릴 것만 같다. 별빛을 보고 있으면 '이것은 실로 우주의 황홀한 선물'이라고 찬탄하게 된다. '북두칠성으로 은하수 길어다 차를 달인다'는 진각 혜심의 표현은 지족암에서 맞이하는 한여름 밤의 정경과 절묘하게 일치한다.

한여름 밤, 하늘을 수놓은 별빛들을 보는 것을 즐기면서 필자가 머무는 석경당石經堂에 이 선시를 새겨 놓은 주련을 걸어 놓게 되었다.

'정定으로 경계를 열었기에 깨끗하고, 깨달은 후에 말을 남겼기에 지혜롭다'는 표현에 가장 부합하는 선시 중 하나일 것이다. 이 선시를 암송하고 난 뒤에는 절로 이해인 수녀의 〈별을 보면〉이 떠오른다.

반짝이는 별을 보면/ 반짝이는 기쁨이/ 내 마음의 하늘에도/ 쏟아져 내립니다./ 많은 친구들과 어울려 살면서도/ 혼자일 줄 아는 별/ 조용히 기도하는 모습으로/ 제 자리를 지키는 별/ 나도 별처럼 살고 싶습니다.

절대고독 끝에 깨달음을 얻은 이가 아니면 쓸 수 없는 시일 것이다. 시인은 비움을 통해서 초극의 경계에 들고, 그리하여 대상으로 존재하던 타자들과 하나가 된다. 그래서 시를 쓰려면 구체적인 형상을 초월해야 한다고 하는지도 모르겠다.

진각 혜심 스님의 시는 시상詩想이 선명하고 필력이 빼어나 한국 선시 가운데 가장 유려한 작품 중 하나라는 평을 듣고 있다.

두견새 울음소리에 산 빛이 깊어지고

진각 혜심 스님

바람은 쓸쓸하게 솔가지를 흔들고
물은 잔잔하게 돌부리를 적시네
다시금 저 하늘에는 새벽 달 지고
두견새 울음소리에 산빛 더욱 깊어가네

吟風松瑟瑟
落石水屛屛
況復殘月曉
子規淸叫山

*황복 況復: 하물며
**청규 淸叫: 맑게 울다.

이 선시의 전반적인 정조는 쓸쓸함이다. 그 대표적인 시구가 바로 슬슬瑟瑟과 잔잔屛屛이다. 슬슬瑟瑟이란 바람 소리가 쓸쓸하고 적막함을 표현한 것이다. 잔잔屛屛은 그 기질이 몹시 쓸쓸함을 일컫는다. 쓸쓸함의 이미지는 3행에 가서 최고에 이른다. 여명이 밝아 오는 새벽의 잔월殘月은 진각 혜심 스님의 심상을 그대로 대변해 주고 있다. 하지만 말미에 가서 시의 이미지는 정반대로 바뀐다. 바로 '맑을 청淸'자 때문이다. 청아한 새벽 산에 울려 퍼지는 맑은 두견새 울음소리를 떠올려 보라. 족히 마음속 속진俗塵도 떨칠 것만 같다. 실제로 늦은 봄 산사에 가부좌를 틀고 앉아서 두견새 울음소리를 듣고 있으면 그 자체가 돈오돈수頓悟頓修의 깨달음이라는 것을 알 수 있다. 두견새 울음소리 한 번에 깊은 산이 천길 바닷속으로 잠기고도 남으니.

뜰에 꽃잎이 가득히 쌓이네

진각 혜심 스님

인적 없는 옛 절에 봄은 깊어 가는데
바람 고요한 뜰에 꽃잎이 가득히 쌓이네
해질 무렵 구름은 고운 빛으로 물들고
산에는 여기저기 두견새가 우네

春深古院寂無事
風定閑花落滿階
堪愛暮天雲晴淡
亂山時有子規啼

감애 堪愛: 좋아하다
자규 子規: 두견의 별칭

이 선시는 서경시인 동시에 서정시라고 할 수 있다. 이유인즉슨, 산사의 춘경春景을 묘사함으로써 자연과 하나가 된 진각 혜심 스님의 심경을 잘 그려 내고 있기 때문이다. 이 선시에서 가장 아름다운 대목은 '풍정한화낙만정風定閑花落滿庭'이다. 바람 고요한 뜰은 바로 진각 혜심 스님의 마음을 일컫는 것이리라. 그러니, 뜰에 가득히 쌓이는 꽃잎을 지시적으로만 받아들여서는 안 될 것이다. 이는 바로 진각 혜심 스님이 다다른 깨달음의 경지를 비유한 것이리라. 원제는 '춘만유연곡사증당두로春晚遊燕谷寺贈當頭老'이다. 즉, 늦은 봄 연곡사에서 소요할 때 당두 스님을 위해서 쓴 시라는 뜻이다.

깊은 봄날 찾아오는 사람은 없고

원감圓鑑 충지沖止 스님[*]

깊은 봄날 깊어가고 찾아오는 이 없어
바람에 배꽃이 날리니 뜰에 가득 흰 눈이 쌓이네
처마 옆 나무 그림자 서로 뒤섞여
뒷짐 지고 걸으면서 시흥에 젖네

春深日永人事絶
風打梨花滿庭雪
倚檐佳木影交加
散步行吟自怡悅

[*] **원감 충지 스님 (1226-1292)**
송광사 16국사 중 여섯 번째 서열을 차지하고 있다. 19세에 문과 장원 한림학사의 지위까지 올랐고, 일본에 사신으로 갈 만큼 역량이 뛰어났다. 하지만 출가한 후 권력의 문전에는 발을 딛지 않았다.

깊은 봄날. 문 열어 놓고 봄볕이 고운 마당을 바라보노라면 그리운 이의 이름이 혀끝에 맴돌 것이다. 하지만 아무리 기다려도 찾아오는 이는 없다. 그저 부는 바람에 배꽃만 화르르 흩날릴 뿐. 범부라면 못 견디게 외로울 상황이지만, 깨달은 자에게는 뼈에 사무치는 그리움조차도 마음 밭의 거름이 되는 모양이다. 서로 뒤섞인 나무 그림자를 보고서 시흥에 젖는 걸 보면. 마지막 구절은 의미로만 보자면 '산보를 하다가 절로 기쁨을 읊는다'로 해석해야 옳지만, 시의 전반적인 흥취를 살리기 위해서 '뒷짐 지고 걸으면서 시흥에 젖네'로 옮겼음을 밝혀 둔다. 사견이지만, 이 시에서 가장 빛나는 대목은 '풍타이화만정설風打梨花滿庭雪'이 아닐까 싶다. 바람에 흩날리는 것은 배꽃인데, 마당에 내려앉는 것은 흰 눈이다. '활구선活句禪'이란 이럴 때 쓰는 말이 아닐까 싶다.

귀촉도 홀로 제 이름을 부르네

원감 충지 스님

발을 걷으면 성큼 산 빛이 다가오고
대통의 물소리는 높낮이로 흐르네
온종일 찾아오는 사람 드문데
귀촉도 홀로 제 이름을 부르네

捲箔引山色
連筒分澗聲
終朝少人到
杜宇自呼名

권박 捲箔: 대나무나 갈대 같은 것으로 엮어 만든 발

작가 김훈은《자전거 여행》에서 이 선시를 다음과 같이 평했다.

이것은 깨달은 자의 오도송이 아니라, 사람 사는 마을의 봄을 그리워
하는 노래다. 이 그리움은 설명적 언어의 탈을 쓰고 있지 않다. 그리고
이 그리움의 길은 출구가 없다. 봄의 새들은 저마다 제 이름을 부르며
울고, 제 이름을 부르며 우는 울음은 끝끝내 위로 받지 못한다. 봄에 지
는 모든 꽃들도 다 제 이름을 부르며 죽는 모양이다.

원감 충지 스님의 임종게가 '고향으로 돌아가는 길은 평탄하구나. 너희
들은 잘 있으라'라는 것을 감안한다면, 일리 있는 평이라고 할 수 있다.
  누구에게나 봄날의 적막은 견디기 어려운 일이리라. 외롭고 고독하면
사유가 깊어지고 마음은 텅 비어 거울이 된다. 그리고 어느 시인의 시
한 구절처럼 '산 그림자도 외로워 하루에 한 번씩 마을로 내려온다'고
했듯이 새들도 짝을 잃으면 제 이름만 부른다고 한다. 사람도 제 이름
을 부르고 우는 귀촉도나 피어서 지는 꽃과 다르지 않을 것이다. 하고
많은 두견새의 이름 중에서 이 시편에서는 귀촉도라고 옮긴 것도 같은
이유이다.

하늘이 돌사자를 낳아

백운白雲 경한景閑 스님[*]

하늘이 돌사자를 낳아
등 뒤에는 언제나 솔바람 부네
아, 저 서래의 뜻이여
그대들은 이 소리를 여겨 들어라

天生石獅子
背上松風聲
好箇西來意
諸禪子細聽

백운 경한 스님 (1298-1374)
동진출가해 원나라로 유학을 떠났다. 임제 스님의 18대손인 석옥 청공 스님에게 인가를 받았으며, 지공 스님에게 법을 묻
고 깨달았다. 고국으로 돌아온 뒤 고려의 선종을 일으키는 데 일조했다.

'하늘이 돌사자를 낳았다'는 표현은 대표적인 선시의 패러독스 Paradox에 해당한다. 그리고 이 패러독스를 불교 교리에 입각해서 보면 묘유妙有라고 볼 수 있다. 묘유와 대구를 이루는 게 진공眞空이다. 이 둘을 합쳐서 진공묘유眞空妙有라고 하는데, '실로 텅 빔으로써 기묘하게 존재한다'는 뜻이다. 이 선시에서는 묘유가 먼저 등장한 뒤 진공이 뒤를 따른다. 바로 '등 뒤에는 언제나 솔바람 부네'가 진공에 해당하는 구절이다. 그런 까닭에 백운 경한 스님은 등 뒤에서 부는 솔바람 소리가 서래의 뜻이라고 강조하는 것이다. 솔바람 소리에도 서래의 참뜻이 담겨 있음을 간파한 스님의 밝은 눈과 귀가 새삼 부러울 따름이다.

선사들은 뛰어난 비유와 은유를 사용하고 있음을 엿볼 수 있다.

특히 자성自性을 다양하게 표현하고 있는데 그 대표적인 것이 '이것', '저것', '그이', '본래면목', '무위진인', '독행하는 도인' 등이다. 마음이 기용機用에 따라 변하는 모습을 실제 존재하는 실물처럼 느끼게 하는 경우이다.

이때 선시에 자주 표현되는 게 돌사자, 진흙소, 석녀石女, 목녀木女, 석호石虎, 철수鐵樹 등의 시어이다.

이 몸 가고 옴에 본래 뜻이 없는데

백운 경한 스님

갈 때는 전 개울물이 보내 주더니
올 때는 골 가득 흰 구름이 맞아 주네
이 몸 가고 옴에 본래 뜻이 없는데
무정한 두 물건은 도리어 뜻이 있네

去時一溪流水送
來時萬谷白雲迎
一身去來本無意
二物無情却有情

이 선시를 읽으면 절명한 시인 신동엽의 〈너에게〉가 떠오른다.

나 돌아가는 날/ 너는 와서 살아라/ 묵은 순터/ 새 순 돋듯/ 허구많은 자연 중/ 너는 이 근처 와 살아라

신동엽 시인은 가고 없지만 그가 남긴 시편들은 남았다. 그리고 올봄에도 어김없이 충남 부여에 소재한 그의 생가 뒤편 낙화암에는 봄꽃들이 피었다가 지리라. 패망한 백제 유민처럼 투신하는 봄꽃들을 드넓은 금강의 물줄기가 넉넉히 받아 주리라.

유장한 자연의 흐름 앞에서 한 인간의 삶은 얼마나 작은가? 그러니 가고 옴이 물처럼 구름처럼 자유롭게 흐른다면 생사에 얽매일 까닭도 없으리라.

흥미로운 것은 이 선시에는 스님의 법명인 백운白雲도 등장한다는 것이다. 그래서인지 '무정한 두 물건은 도리어 뜻이 있네'라는 구절이 더욱 가슴 깊이 다가온다.

인생살이 칠십년은

백운 경한 스님

인생살이 칠십년은
예부터 드문 나이라
일흔일곱 해 전에 왔다가
일흔일곱 해 후에 가네

人生七十歲
古來亦稀有
七十七年來
七十七年去

백운 경한 스님의 임종게이다.

백운 경한 스님은 나옹 스님이나 태고 보우 스님에 비하면 권력에 물들지 않은 눈 푸른 수행자였다. 그는 입적 전 집착과 걸림이 없는 본래 면목本來面目을 드러냈다. 그는 제자들에게 '내 부도도 비석도 세우지 마라. 입적하거든 즉시 화장해 그 재를 강물에 흘려보내고 어떤 흔적도 남기지 마라'고 당부했다. 더불어 '곳곳이 다 돌아갈 길이요, 물건마다 바로 고향이거늘 무엇 때문에 배를 장만해 고향에 돌아가려하는가' 하는 일침도 남겼다. 작금의 수행자들이 새겨들어야 할 일구一句가 아닐 수 없다.

부질없음을 늙기 전에 깨달아야

태고太古 보우普愚 스님[*]

한 생각도 일기 전에 이미 틀렸거니
다시 입을 열면 더더욱 잘못이네
가을 서리 봄비에 몇 해나 지났나
이 모두 부질없음 오늘에야 알았네

念未生時早時訛
更擬開口成狼藉[**]
經霜經雨幾春秋
有甚閑事知今日

[*] 태고 보우 스님 (1301-1382)
13세에 양주 회암사의 광지 스님에게 출가했다. 26세에 승과에 급제했다. 중국 석옥 청공 스님으로부터 법을 잇고 우리나라 최초로 임제종의 초조(初祖)가 됐다.
[**] 랑자 狼藉: 여기저기 흩어져 어지러움.

꽃이 피어 있다고 치자. "이게 뭐냐"고 물으면 한국인은 "꽃"이라고 답할 것이다. 하지만 일본인은 "하나"라고, 중국인은 "화"라고 답할 것이다. 그런가 하면, 태국인은 "덕마이"라고, 영국인은 "플라워"라고 할 것이다. 그들이 말하는 바는 궁극적으로 같다. 표현만 다를 뿐.

프랑스 언어학자 뱅브니스트는 영어에서 Be 동사보다 Have 동사의 활용이 늘어난 점을 주목한 바 있다. Be 동사는 존재론에, Have 동사는 소유론에 방점이 찍혀 있다고 할 수 있다. 무언가를 소유하려는 마음에서 모든 불행이 생긴다고 할 수 있다.

그 사실을 잘 알기에 태고 보우 스님은 '한 생각도 일기 전에 이미 틀렸거니, 다시 입을 열면 더더욱 잘못이네'라고 지적한 것이다. 공민왕의 왕사가 돼 한때 신돈의 미움을 받은 그였기에 누구보다도 권력의 부질없음을 몸소 깨달았던 것이리라. 그러니 우리도 지나다가 꽃을 보거든 굳이 꺾으려고 하지 말고 그저 한 번 쳐다본 뒤 웃을 일이다.

태고의 즐거움에 취하라

태고 보우 스님

그대여 보라 태고 속의 즐거움을
이 늙은이가 취하여 춤을 추면
광풍이 만학천봉에서 불어오고
이 기쁨에 빠져 계절이 가는 것도 알지 못한 채
바위 틈 사이 꽃 피고 지는 걸 바라볼 뿐이네

君看太古此中樂
頭陀醉舞
狂風生萬壑
自樂不知時序遷*
但看岩花開又落

*시서천 時序遷: 계절이 바뀜

이 시편에는 스님의 법명인 '태고太古'가 나온다. 스님은 독자들에게 태고의 즐거움에 빠질 것을 권한다. 즐거움에 취해 춤을 추면 광풍이 만학천봉에서 불어온다는 구절에서는 스님의 대방무외大方無外한 선기 禪機를 느낄 수 있다. 풍류에도 크기가 있다면 태고 보우 스님의 풍류는 수미산처럼 도저하리라. 감히 그 누구도 범접할 수 없는 깨달음의 깊이와 걸림 없는 자유가 이 시편 속에 다 들어 있다. 이 시대 어느 납자가 태고 보우 스님처럼 춤사위 하나로 만학천봉에 광풍을 일으키겠는가. 수미산을 덮고도 남을 태고 보우 스님의 그 소맷자락을 흉내나 낼 것인가.

나무소는 봄바람이 되어

태고 보우 스님

꿈속에서 본 그 길을 찾아서
장안의 술집에서 나무소를 탔더니
나무소는 변해 봄바람이 되어
꽃망울 터뜨리고 버들잎을 안개처럼 토해내네

夢裏却尋來時路
長安酒肆騎木牛
木牛化作春風意
綻花開柳如琳球[*]

[*] 임구 琳球: 아름다운 옥 또는 그런 빛깔.

꿈속이라는 말로 시작해서인지 이 선시의 느낌은 전반적으로 몽환적夢幻的이다. 꿈속에서 본 길을 찾는다. 그 길을 따라서 장안의 술집을 간다. 거기서 나무소를 탔더니 나무소가 변해 봄바람이 되더라. 현실과 환상의 경계를 자유자재로 넘나드는 태고 보우 스님의 직관력이 도저하기 이를 데 없다. 태고 보우 스님은 우주의 질서를 정확히 꿰뚫고 있다. 나무소가 변해 봄바람이 되고 이윽고, 봄바람은 꽃망울을 터뜨린다. 어느 봄날, 서러운 꿈을 떨치고 일어났더니 마당에 꽃들이 지천으로 피어서 아름다움을 뽐내고 있는 것만 같다.

없고도 없는 이 무엇인가?

태고 보우 스님

고요하면 천 가지가 나타나고
움직이면 한 물건도 없네
없고도 없는 이 무엇인가?
서리 내린 후 국화가 만발하네

靜也千般現
動也一物無
無無是什麼
霜後菊花稠

선가禪家에서 즐겨 쓰는 화두인 '시심마是什麼'가 들어가 있는 선시다. 흔히 한국 선방에서는 '이 뭣고?'라고 일컫는다.

한 납자가 참선에 들었다. 잡힐 듯 잡히지 않는 화두. 고요히 앉아 가부좌를 틀고 있으면 천 가지 환영들이 스쳐 간다. 납자는 머리를 흔들고 자리에서 일어선다. 그러자 납자의 머릿속이 맑아진다. '고요하면 천 가지가 나타나고, 움직이면 한 물건도 없네'라는 구절은 고요 속에 움직임이 있고 움직임 속에 고요가 있다는 '정중동靜中動 동중정動中靜'의 이치가 고스란히 담겨 있다. 격물格物이란 그런 것인지도 모르겠다. 망상을 떨치고 나서야 본래면목의 자리에 들 수 있는 것인지도.

이 선시의 압권은 말미다. 태고 보우 스님은 화두를 들고 깨치지 못할 때에는 자신이 은산철벽銀山鐵壁에 갇힌 듯하지만, 깨치고 나면 사방에서 국화꽃 향기가 그윽할 것임을 일깨워 주고 있다.

붉은 해는 서산에 지고

태고 보우 스님

인간의 목숨이란 물거품이니
팔십여 년이 봄 꿈 속에 지나 갔네
가죽포대를 버리고 돌아가니
한 덩어리 붉은 해가 서산에 지고 있네

人生命若水泡空
八十餘年春夢中
臨終如今放皮袋
一輪紅日下西峰

이태 전, 정휴 스님의 《떠나기 좋은 날이 어디 있느냐》가 출간됐다. 이 책에는 정면으로 죽음에 맞서 참 자유를 깨달은 선사들의 이야기들이 실려 있다. 그렇다 보니 자연스럽게 선사의 열반송이 자주 등장하는데, 그 한 편 한 편이, 한 줄 한 줄이 금강석 같다.

누구나 죽음과 마주하면 자기가 살아온 일생이 하룻밤 꿈이고 물거품에 지나지 않음을 깨닫게 될 것이다. 바로 이것이 해탈의 허무이다.

많은 사람이 삶에 얽매여 자신의 죽음을 향해 가고 있음을 깨닫지 못하며 살고 있다. 하지만 수행인은 육신을 홀대하고 때로는 '가아假我'라고 부정해 버린다. 육신을 가아라고 부정할 때 인간의 육신은 가죽포대로 전락하고 만다. 태고 보우 스님은 자신의 가죽 포대를 불 속에 던져 버리고 생사가 없는 무위진인으로 불 속을 걸어 나오는 것 같다.

붉은 단풍잎마다 조사의 뜻은 드러나고

나옹懶翁 혜근慧勤 스님[*]

가을 깊어 지팡이 짚고 산에 오르니
바윗가에 단풍은 불타는 것 같네
조사서래의 분명한 뜻은
일마다 물건마다 앞다투어 두루 밝히고 있네

秋深投杖到山中
岩畔山楓已滿紅
祖道西來端的意
頭頭物物自先通

나옹 혜근 스님 (1320-1376)
20세에 출가해 제방의 선지식을 탐방하고 양주 회암사에 오랫동안 주석했다. 중국으로 건너가 지공 스님을 탐방하고 깨침을 인가받고 평산 처림 스님에게 불자를 받았다. 나옹 스님이 평산 스님을 처음 친견했을 때 평산 스님은 나옹 스님이 뛰어난 법기임을 알고 "지공은 날마다 무슨 일을 하던가?"라고 물었다. 나옹 스님은 "지공은 날마다 천검千劍을 쓰고 있었습니다"라고 대답했다. 이에 평산 스님은 "지공의 천검은 놔두고 자네의 한 칼을 가져오너라"라고 물었다. 평산 스님의 말이 떨어지기 무섭게 나옹 스님이 좌구를 들고 평산 스님을 후려쳤다. 평산 스님은 선상 앞에 쓰러지면서 "이 도적이 나를 죽인다"라고 소리쳤다. 나옹 스님은 "내 칼은 능히 사람을 죽이기도 하고, 사람을 살리기도 합니다"라고 답했다.

봄은 아랫녘에서 먼저 올라오고, 가을은 윗녘에서 내려온다. 개화가 천천히 올라와서 강원도까지 다 덮고 나면 산은 녹음이 짙어간다. 낙엽이 천천히 내려가서 남도까지 다 덮고 나면 가을들녘에는 허허로운 바람만 분다. 피고 지는 것. 이보다 더 큰 진리는 없을 것이다. 그래서 나옹 스님은 조서서래의 분명한 뜻이 단풍든 산에 있다고 설했는지도 모르겠다.

선시禪詩를 읽다 보면 표음表音 문자로는 표의表意 문자의 뜻을 표현할 길이 없을 때가 있다는 것을 실감하게 된다. 가령, '두두물물자선통頭頭物物自先通' 같은 구절이 대표적인 예이리라. '일마다 물건마다 앞 다투어 두루 밝히고 있네'라고 풀어쓰긴 했지만, 본래의 뜻을 다 담은 것 같지 않아서 못내 아쉽다. '통通'이라는 한자는 '통하다'라는 뜻은 물론이고, '꿰뚫다', '두루 미치다', '환히 비치다'라는 뜻도 지니고 있다. 이 선시에서는 그 어느 의미를 써도 무방하다. 이 세상의 두두물물頭頭物物의 본래면목이 그러할 테니까. 그러고 보니, 자연自然은 실로 스스로 그러한 존재인 것을 알겠다.

꽃들의 미소拈華微笑

나옹 혜근 스님

영롱한 그 자태 어느 것에 견주리
붉고 흰 꽃빛이 창에 가득 비치네
반쯤 입을 열고 웃는 그 모습을
이 하늘과 이 땅에 짝할 이가 없네

玲瓏正體誰能比
紅白和光映滿窓
半合反開開口笑
普天匝地更無雙

영롱 玲瓏: 금옥이 울리는 소리

선종禪宗은 부처님이 가섭迦葉 존자에게 전한 삼처전심三處傳心에서 비롯됐다. 삼처전심이란 말 그대로 '세 곳에서 불교의 진수眞髓를 전했다'는 뜻이다.

그 첫 번째가 다자탑전분반좌多子塔前分半座이다. 다자탑은 중인도 비사리성毘舍離城 북서쪽에 있다. 부처님이 다자탑에서 설법하고 있을 때 가섭이 누더기를 입고 뒤늦게 왔다. 여러 제자들이 추레한 가섭의 모습을 보자 비웃었다. 하지만 부처님은 자기가 앉아 있던 자리의 절반을 가섭에게 내주었다.

두 번째가 영산회상거염화靈山會上擧拈花이다. 부처님이 중인도 왕사성王舍城 북동쪽 영취산靈鷲山에서 설법을 하고 있을 때 하늘에서 꽃비가 내렸다. 부처님이 그 꽃송이 하나를 들어 보였다. 다른 제자들은 영문을 몰라 어리둥절해 하는데, 가섭만이 살포시 웃었다.

마지막이 사라쌍수곽시쌍부沙羅雙樹槨示雙趺이다.

부처님이 북인도 쿠시나가라성拘尸羅城 북서쪽 숲에서 열반涅槃하자, 그 숲이 하얗게 바뀌었다. 가섭이 스승의 관 주위를 세 번 돌고 세 번 절하자, 관 속으로부터 두 발을 밖으로 내밀어 보였다.

교외별전敎外別傳이란 말에서 알 수 있듯 진리란 말로 전해지지 않는다. 마음으로 전하고 마음을 받을 뿐. 스승이 꽃을 들자 살포시 웃음으로 답했던 가섭 존자처럼.

찾으면 흔적이 없네

나옹 혜근 스님

그대 몸속에 있는 여의주를 얻게 되면
세세생생 써도 끝이 없음을 깨닫게 될 것이니
물건마다 서로 밝게 감흥하고 있으나
찾아보면 원래 흔적조차 없네

身得家中如意宝
世世生生用無窮
雖然物物明明現
覓則元來卽沒蹤

이 시를 읽고 나면 벨기에 작가 모리스 마테를링크의 〈파랑새〉가 떠오른다. 작가가 노벨문학상을 받으면서 더욱 유명해진 이 동화는 이야기 말미의 반전이 극적이다. 내용인즉 이렇다.

꿈에 나타난 요술할머니가 파랑새를 찾아달라고 부탁한다. 길을 떠난 어린 남매는 파랑새를 찾지 못하고 집으로 돌아온다. 그런데 그토록 찾아 헤매던 파랑새가 자기 집 새장에 있는 것이다. 최근에는 한 직장에 안주하지 못하고 여기저기 옮겨 다니는 이가 많아서 '파랑새증후군'이라는 말까지 생겼다고 한다. 파랑새증후군에 걸린 사람들에게 이렇게 묻고 싶다. 당신은 무엇을 찾아서 그토록 헤매는가? 그리고 이렇게 조언하고 싶다. 행복이란 그리 먼 곳에 있는 게 아니다.

나옹 혜근 스님은 우리들에게 누구나 마음속에 신령한 구슬을 갖고 있으나, 그것을 사용하는 이는 드물다는 사실을 일깨워 주고 있다.

누구나 구슬을 사용할 줄 알면 아무리 베풀어도 줄어들지 않고 채워도 넘치지 않는 묘용妙用이 있음을 알게 될 것이다.

온 우주가 고향 아님이 없네

나옹 혜근 스님

칠십팔 년 만에 고향으로 돌아가나니
이 산하대지 온 우주가 고향 아님이 없네
삼라만상 모든 것은 내가 만들었으니
이 모든 것은 본래 내 고향이라네

七十八年歸故鄕
天地山河盡十方
利利塵塵皆我造
頭頭物物本眞鄕

흔히 세간에서는 죽음을 표현할 때 돌아갔다는 말을 쓴다. 그런데 가만히 생각해 보면 '돌아간다'는 말만큼 아연한 말도 없을 것이다. 돌아가는 그 거처를 모르기 때문이리라.

반면 불가佛家에서는 수행자의 죽음을 일컬어 '적멸寂滅' 내지는 '입적入寂'이라는 말을 쓴다. 적멸은 고요히 사라진다는 뜻이고, 입적은 고요함에 든다는 뜻이다.

고승高僧들의 임종게를 읽노라면 실로 마음이 편안해지곤 한다. 우리의 삶이라는 게 자연 순환의 일부라는 사실을 일깨워 주기 때문이다. 화장火葬을 하는 출가자나, 매장埋葬을 하는 재가자나 죽으면 자연의 일부로 돌아가게 돼 있다. 그리하여 육신의 일부는 대지에 스며서 꽃으로도, 나무로도 피어날 것이다. 또한 육신의 일부는 냇물에 섞이어서 강으로 바다로 흘러갈 것이다. 그러다가 어느 더운 여름날에는 수증기가돼 하늘로 올라갈 것이다. 하늘로 올라가서는 구름을 이루고 하늘을 떠돌다가 소나기가 되어서 다시 대지로 내려올 것이다. 이처럼 삶과 죽음은 돌고 도는 순환의 고리일 따름이다.

본래 한 물건도 없나니

함허涵虛 득통得通 스님[*]

맑고 고요하여 본래 한 물건도 없나니
신령스런 불꽃만이 온 누리를 비추고 있네
몸과 마음이여, 다시는 생사에 얽매이지 마라
가고 오고, 오고 감에 걸릴 게 없네

湛然[**]空寂本無一物
靈光赫赫[***]洞澈十方
更無身心受彼生死
去來往復也無罣碍

[*]**함허 득통 스님 (1376-1433)**
21세에 출가했으나, 그 사찰에서 스승을 만나지 못해 회암사로 옮겨가서 문학 스님을 친견한 뒤 제자가 됐다. 함허 득통 스님은 어릴 적부터 문장에 재능이 있어 깨달은 후 사물의 본질을 드러내는 많은 글을 남겼다. 문경 봉암사에서 《금강경오가해 함허설의》를 지어 법당 뒤에 묻었더니 밤에 방광하는 일이 발생해 그 글이 진실임을 입증했다. 함허는 당호堂號이며 득통은 법호이며 법명은 기화己和이다. 《원각경소圓覺經疏》 외 다수의 저서를 남겼다.
[**]**담연 湛然:** 물이 깊고 고요한 모양
[***]**혁혁 赫赫:** 빛나는 모양

이 선시를 읽고 나면 두 편의 선대 작품이 떠오른다.

먼저 떠오르는 것은 육조 혜능 스님의 게송이다. 아마도 본래무일물 本來無一物이라는 구절 때문이리라. 육조 혜능 스님이 오조 홍인 스님에 게서 인가를 받은 게송의 내용은 아래와 같다.

보리는 본래 나무가 없고菩提本無樹, 밝은 거울 또한 받침대 없네明 鏡亦非臺. 본래 한 물건도 없거늘本來無一物, 어느 곳에 티끌 먼지가 있으리오何處惹塵埃.

돈황본과 달리 다른 유통본에는 '불성상청정佛性常淸淨'이 쓰여 있어 서 '본래무일물'은 위경 논란이 되는 구절이기도 하다.

다음으로 떠오르는 것은《삼국유사》에 전하는 원효 스님이 사복의 어머니를 장례지내면서 지은 '나지를 말아라, 죽는 것이 괴롭다. 죽지 를 말아라, 나는 것이 괴롭다莫生兮其死也苦, 莫死兮其生也苦.'라는 게송이다. '몸과 마음이여, 다시는 생사에 얽매이지 마라更無身心受皮生死'라는 구절 과 유사하기 때문이리라.

함허 득통 스님은 본래 한 물건도 없는 것을 알 때에야 생사에 얽매 이지 않을 수 있음을 일깨워 주고 있다. 물론이다. 자성법신自性法身이 형상이 없으니 어디에 걸림이 있겠는가?

누가 청풍명월淸風明月을 팔았는가?

함허 득통 스님

나그네 꿈에서 깨니 잔나비 울음 그치고
눈에는 시원한 바람과 밝은 달이 가득하고
이걸 샀다가 되판 이가 몇이나 될까?
무한한 풍류는 이로부터 비롯되었네

客夢破猿啼歇
滿目淸風與明月
幾人買了還自賣
無限風流從玆發

당나라 때 노생은 한단의 여관에서 도사 여옹의 베개를 베고 잠깐 누웠다가 꿈에 빠져들었다. 꿈속에서 노생은 고위관직에 오르고 예쁜 아내와 결혼해 다섯 아들을 낳아 팔순이 넘도록 살았다. 그러나 그 영화로운 꿈을 꾼 시간은 여관 집 지어미가 저녁밥을 짓는 순간에 지나지 않았다. 그러니, 삶은 고작 저녁밥 짓는 것일 따름이다.

삶이 한낱 꿈에 불과하다는 것은 무상無常에서 비롯된다. 《금강경》에서는 인생의 무상함을 '꿈과 같고, 꼭두[幻]와 같고, 거품과 같고, 그림자와 같고, 이슬과 같고, 번개와 같다'고 비유해 육여六如라고 일렀다.

이 선시에서 청풍명월淸風明月은 나그네의 꿈과 대조를 이루고 있다. 가뭇없는 육여의 꿈에 비한다면, 가져도 금하는 이 없고, 써도 다함이 없으니 청풍명월이야말로 진여眞如가 아니겠는가?

오늘 아침 육신을 벗으니

함허 득통 스님

팔십여 년 꿈속을 산 이 몸이여
오늘 아침 육신을 벗으니 그 자취가 없네
부모에게 받은 이 몸 불에 맡기노니
한 줄기 신령스런 빛에 눈이 부시네

八十餘年夢裏身
今朝脫殼了無迹
父母遺體付丙丁*
一段靈光明赫赫

*병정 丙丁: 병丙과 정丁은 모두 오행五行에 불에 해당하므로 불의 뜻으로 쓰임.

앞서 〈누가 청풍명월淸風明月을 팔았는가?〉라는 선시에 대한 감상평을 쓰면서 꿈 이야기를 한 바 있다. 이 시도 연장선상에서 말머리를 풀고자 한다.

일연 스님이 《삼국유사》에 조신설화를 남긴 것도, 서산대사가 '주인은 손을 만나 꿈 이야기를 하고, 손은 주인에게 꿈 이야기를 하네. 여기 둘이 다 꿈이라고 말하는 저 나그네, 그도 또한 꿈 속 사람이로세.'라는 내용의 〈세 꿈 노래三夢詞〉를 송頌한 것도 삶이 한낱 꿈에 불과하다는 것을 일깨워 주려는 이유이리라. 삶이 초저녁 풋잠처럼 허망한 것이라면, 죽음은 무엇이란 말인가? 이에 대해 함허 득통 스님은 이렇게 노래했다.

삶이란 구름 한 조각 일어남이요/ 죽음이란 구름 한 조각 사라지는 것/ 뜬 구름 본시 그저 빈 것이니/ 이 몸이 나고 죽음 다를 것 없네/ 그중에 신령한 그 무엇 하나/ 언제나 길이길이 맑아 있나니/ 옛 사람 그것 일러 '향수해香水海' 같고/ 깊고 깊은 '보타산寶陀山'과 같다 하였네.

여기서 '신령한 그 무엇'은 세속에서 말하는 육체의 반대 개념인 영혼이 아니다. 진여眞如이다. 스님들은 법신이 가고 없어도 그 스님들이 남긴 설법說法만은 오롯하니, 스님들의 법문은 두루 자재하리라.

전 조계종총무원장 정대 스님이 임종게에서 '천지는 꿈꾸는 집이니, 우리 모두 꿈속의 사람'이라고 설한 것도 같은 이유일 터.

꽃 웃음 뜰 앞에 흩날리고

벽송碧松 지엄智嚴 스님[*]

꽃 웃음 뜰 앞에 비 뿌리듯 흩날리고
난간 밖에는 소나무 바람이 우네
무엇을 찾기 위해 그토록 탐구하는가?
이 속에 그대가 찾는 것이 원만히 갖춰 있는데

花笑階前雨
松鳴檻外風
何須窮妙旨
這箇是圓通

---

[*] **벽송 지엄 스님 (1464-1534)**
태고 보우 스님의 5대 손이다. 세종 10년에 태어났다. 계룡산 조증 스님에게 득도했으며 벽계 정심 스님에게 전등의 밀지
를 깨달았다. 금강산 묘길상암에서 《대혜어록》을 보다가 활철대오하였다.
[**] **함외 檻外**: 난간 밖

첫 구절인 '화소계전우花笑階前雨'에서 '소笑'는 '웃는다'는 의미와 더불어 '꽃이 핀다'는 의미도 있으므로, 비 내리는 뜰에 꽃이 활짝 피었다고 해석해도 무방할 것이다. 하지만, 조금 더 시적인 표현을 위해서 '꽃 웃음 뜰 앞에 비 뿌리듯 흩날린다'고 해석하였다. 두 번째 구절인 '송명함외풍松鳴檻外風'도 사전적 의미로만 보자면, '부는 바람에 소나무가 청승맞게 우네'라고 해석해야 옳겠지만, 흥취를 살리기 위해서 '난간 밖에는 소나무 바람이 우네'라고 옮겼다. 선시든 일반시든, 고대시든 현대시든 사물을 의인화할 때 그 맛이 산다. '꽃 웃음'과 '소나무 바람'이라는 표현도 같은 맥락에서 이해하면 될 것이다.

우리가 찾고자 하는 진리는 어느 특정한 곳에 있지 않다. 마음이 원만한 이는 마을 뒷산에 가도 "경치가 좋다"며 흥취에 젖을 테지만, 마음이 모난 이는 금강산에 가도 "볼 것 없다"며 인상을 찌그릴 게 뻔하다.

세상만물이 별개의 것이 아니라는 내용을 담은 '저개시원통這箇是圓通' 구절은 실로 쉽고도 심오한 가르침이라고 할 수 있다. 벽송 지엄 스님은 마음이 진리의 원천이라는 것을 일깨워 주고 있다.

뜬구름이 햇빛을 가리니

벽송 지엄 스님

여섯 창문 비어서 드넓은 곳에
악마니 부처니 그림자도 없네
여기서 또다시 무엇인가를 찾는다면
뜬구름은 햇빛을 가릴 것이네

六窓虛豁豁[*]
魔佛自亡羊^{**}
若更尋玄妙
浮雲遮日光

[*] 활활 豁豁: 넓은 모양
^{**} 망양 亡羊: 여기서는 악마와 부처가 모두 없어졌다는 뜻

여기서 육창六窓 즉, 여섯 창문은 유식학에서 말하는 육근六根을 상징한다. 육근은 안식眼識, 이식耳識, 비식鼻識, 설식舌識, 신식身識, 의식意識을 일컫는다. 형상을 보고, 소리를 듣고, 냄새를 맡고, 맛보고, 촉감을 느낀 뒤 사람들은 좋고 나쁨을, 미추를 판단한다. 하지만 다시 생각해보면 좋은 것은 그 당사자에게만 좋은 것이지, 모든 사람에게 좋은 게 아니다. 아름다운 것도 마찬가지다. 미적 가치 기준은 상대적이기 때문이다. 가령, 누군가 홍어회를 좋아한다면, 삭힌 냄새만 맡아도 침이 넘어갈 것이다. 하지만, 홍어회를 맛 본 적이 없는 외국인은 상한 음식인 줄 알고 인상을 찡그릴 것이다. 그러니 육근이란 어찌 보면 신기루와 같은 것이라고 할 수 있다. 실제로는 없는 헛된 망상인 것이다.

벽송 지엄 스님이 여섯 창문을 비운 드넓은 곳에는 악마도, 부처도 그림자가 없다고 말하는 것도 같은 이유이다. 이 시에서 '햇빛'은 이 세상이 텅 비어 있음을 아는 불법佛法을 의미한다. 그리고 햇빛을 가린 '뜬구름'은 만고불변의 진리를 가리는 육근을 뜻한다.

어찌 보면, 애써 번뇌를 쫓아내려고 하는 사람이나 무명無明 속에서 어떤 확고한 진리를 찾아 헤매는 사람은 미욱한 중생이라고 할 수 있다. 육조 혜능 스님은 '번뇌즉보리煩惱卽菩提'라고 설했다. 번뇌와 무명은 깨달음의 바탕인 것이다.

봄새는 홀로 이름을 부르네

벽송 지엄 스님

저 높고도 높은 곳에 있는 우뚝한 이여
누가 그 푸른 눈을 열겠는가
석양의 산빛 속에
봄새는 홀로 이름을 부르네

落落*巍巍**子
誰開碧眼晴
夕陽山色裏
春鳥自呼名

*낙락 落落: 우뚝 솟은 모양
**외외 巍巍: 산이 높고 큰 모양

이 시는 달마대사 초상화에 부치는 영찬影讚이다.

달마도에서 유달리 시선이 가는 부분은 불타고 있는 눈빛이다. 이글거리는 안광眼光, 그 불꽃이 뚝뚝 떨어지는 이미지가 단연 돋보이는 것이다.

이 시에서 '푸른 눈'은 임제 스님이 말한 진정견해이다. 진정견해란 지혜와 열린 눈을 의미한다.

푸른 눈은 번뇌의 불꽃 속에서 단련된 지혜 없이는 열리지 않는다. 그리고 비우지 않고는 부처와 중생을 관통하는 지혜의 눈은 열리지 않는다. 그래서 달마의 눈빛은 몇 천 년이 지나도 화젯거리가 되고 있지 않은가?

시 속에서 '홀로 이름을 부르는 봄새'는 바로 '자신의 마음을 꿰뚫어본 각자覺者'를 상징한다. 그래서 '저 높고도 높은 곳에 있는 우뚝한 이'라고 극찬하는 것이다.

문을 나서기 전에 고향에 이르렀나니

일선一禪 휴옹休翁 스님*

어느덧 흘러간 여든 해에
지난 일 모두가 환영이네
문을 나서기 전에 이미 고향에 이르렀나니
옛 동산엔 지금도 복숭아꽃 배꽃이 활짝 피었네

年逾八十似空花
往事悠悠亦眼化**
脚末跨門還本國
故圓桃李已開花

---

*일선 휴옹 스님 (1488-1568)
일찍이 유년에 출가해 벽송 지엄 스님의 법을 이어받았다. 청허 스님과 쌍벽을 이룬 부용 영관 스님의 제자가 됐다. 그는 덕만 갖춘 게 아니라 지혜까지 갖춰 그가 거처하는 곳에는 사람들이 구름처럼 모여들었다.
**유유 悠悠: 흘러가는 모양

일선 휴옹 스님의 임종게다. 임종이 다가오자 일선 휴옹 스님은 열반송을 써 놓고 제자들에게 이렇게 일렀다.

내 시체는 산에 내다 버려라. 그리고 짐승들이 즐겁게 뜯어먹게 하라.

입적을 하자 그의 몸에서 오색 광명이 일어나 일주일간 비쳤고, 화장한 날에는 인근 100리 안에 살고 있는 사람들이 애도하는 슬픈 소리가 골짜기를 메웠다고 한다.

실로 '몰록 한 소식[一禪]'하여, 소요[逍遙]하며 '쉬고 있는 늙은 이[休翁]'만이 낼 수 있는 열반송이리라.

'문을 나서기 전에 이미 고향에 이르렀나니, 옛 동산엔 지금도 복숭아꽃 배꽃이 활짝 피었네'라는 구절이 도저[到底]하다. 여기서, 고향[本國] 이란 실제로 있는 지역이 아니라, 우리가 가장 처음이자 마지막으로 지니는 마음, 바로 본향本鄉을 일컫는 것이다. 그런 까닭에 그곳에는 문을 열지 않고도 갈 수 있는 것이다. 그리고 그곳에는 항상 복숭아꽃과 배꽃이 만개해 있는 것이다.

기다리고 기다리다 기다림마저 없는 곳

허응虛應 보우普雨 스님[*]

빈 누각에 홀로 앉아 달맞이 하니
개울 소리 솔바람은 이미 삼경인데
기다리고 기다리다 기다림마저 없는 곳
찬 빛이 대낮같이 산 가득 밝아 오네

獨座虛樓待月生
泉聲松籟正三更
待到待窮無待處
寒光如盡滿山明

허응 보우 스님 (1515-1565)
조선 중기에 불교를 중흥시켰다. 16세에 금강산 마하연에 입산했다. 정만종의 천거로 문정황후의 신임을 얻어 봉은사 주지가 됐다. 문정황후의 도움으로 승과고시를 실시해 서산 스님과 사명 스님이라는 걸출한 법기法器들을 걸인했다. 그러나 권력에는 항상 영욕이 있듯이 문정황후가 죽자 유생들의 상소로 승직을 박탈당하고 제주도로 귀양했다. 제주 목사인 변협에게 피살당했다.

허웅당 보우 스님의 시는 여느 선사들의 시와는 사뭇 다르다. 선禪의 예지가 번뜩이는 가운데서도, 탁월한 서정의 결을 지니고 있다. 허웅당 보우 스님이 획득하고 있는 '서정의 결'은 자신이 바라보는 자연의 풍경과 자신의 내면세계가 어우러진 데서 기인한다.

위 시편도 그 대표적인 예라고 할 수 있다. 스님은 빈 누각에 홀로 앉아 달맞이를 하고 있다. 때는 개울 소리도, 솔바람 소리도 맑디맑은 삼경三更이다. 이 한적하고 고요한 풍경과 스님의 심경心境이 조우한다. 대도대궁무대처待到待窮無待處란 구절은 실로 명문名文이다. 뼛속 깊이 사무쳐 오는 외로움이 일시에 대활大活한 깨달음으로 환치된다. 기다리고 기다리다 기다림마저 없는 곳, 그곳이 바로 우리가 궁극적으로 당도하고자 하는 깨달음의 거처일 것이다. 이런 격외格外의 비범함을 구족하고 있는 스님이었기에 삼경의 찬 빛 속에서 산을 두루 밝히고도 남는 밝음을 읽을 수 있는 것이리라.

인생은 광대놀이

허응 보우 스님

꼭두각시로 왔다가 환인幻人의 고향을 찾아가네
오십여 년 동안 미치광이 짓으로
온갖 영욕 다 겪다가
꼭두각시 탈을 벗고, 맑고 푸른 곳으로 올라가네

幻人來入幻人鄉
五十餘年作戱狂*
弄盡人間榮辱事
脫僧傀儡**上蒼蒼

희광 戱狂: 미친놀음
괴뢰 傀儡: 허수아비

이 시를 읽고 나면 유독 '영욕榮辱'이라는 두 글자가 가슴에 옹이처럼 맺힌다. 허응당 보우 스님은 유교의 위세가 등등할 때 꺼져 가는 불교 법등法燈을 고독하게 지켰다. 그러다 보니 그는 배불정책의 희생양이 될 수밖에 없었다. 요승妖僧으로 낙인찍혀 제주도로 유배의 길에 올라야 했던 것도 같은 이유다.

허응당 보우 스님은 세도의 허무함을 몸소 깨달았다. 그리고 벼슬아치들의 질투를 피하기 위해서라도 그는 왕조와의 인연을 끊어야겠다고 결심했던 게 자명하다. 이는 '병으로 몸이 쇠약해 모든 일을 버리고 고산으로 가려 했으나, 대중이 뜰에 서서 붙들고 가지 못하게 말리더라'라는 내용의 글을 보면 잘 알 수 있다.

허응당 보우 스님은 차마 형언할 수 없는 심신의 고통을 견디면서 자신이 무상한 존재임을 깨달았다. 그래서 그는 꼭두각시 탈을 벗고 맑고 푸른 곳으로 올라갈 수 있었다. 흥미로운 것은 탈승脫僧이라는 말을 썼다는 사실이다. 허응당 보우 스님에게는 승僧이라는 신분조차도 꼭두각시에 지나지 않았던 것이다.

비록 제주도에서 유배 생활을 하다가 제주 목사에게 타살되어 목숨을 잃었지만 불교중흥을 위한 그의 원력은 역사적 삶이 되고 있다.

가락은 끝났으나 그 정은 남고

서산西山 청허淸虛 스님[*]

어지러이 내리는 하얀 눈은 비단같이 고운 손
가락은 끝났으나 그 정은 남았네
가을 강물이 거울 빛으로 열려서
푸른 산봉우리 그려내네

白雪亂纖手
曲終情未終
秋江開鏡色
畵出數靑峰

[*] 서산 청허 스님 (1520-1604)
10세에 어버이를 여의고 서울 성균관에 들어가 수학했다. 친구들과 지리산에 유람을 갔다가 숭인 스님을 만나 그 자리에
서 출가했다. 21세에 부용 영관 스님에게 인가를 받고 어느 마을을 지나가다가 낮닭 우는 소리를 듣고 크게 깨달았다. 서
산 청허 스님은 《선가귀감》을 통해서 말없이 말 없는 경지에 이르는 게 선禪이고, 말로써 말 없는 경지에 이르는 게 교敎라
는 진리를 후학에게 일러주었다.

몇 년 전 계간 《시인세계》에서 시단에서 활발하게 활동을 하고 있는 156명의 시인들에게 설문조사를 한 적이 있다. 조사 결과에는 정지용, 서정주 시인은 채彩에 해당하고, 백석, 김수영 시인은 기氣에 해당한다는 내용이 실려 있었다. 전문적으로 시를 공부한 적은 없음에도 나는 이 결과가 다소 편협하다는 생각이 들었다. 과연 서정주 시인이 기보다 채에 가까운가, 하는 의구심이 들었던 것이다.

좋은 시는 채와 기를 두루 지녀야 한다고 본다. 그것은 비단 현대시에만 국한된 게 아니다. 서산 청허 스님의 시는 '섬섬옥수纖纖玉手'라는 말밖에는 달리 표현할 길이 없는 게 사실이다. '어지러이 내리는 하얀 눈은 비단같이 고운 손, 가락은 끝났으나 그 정은 남았네'라는 구절만 읽으면, 황진이의 글처럼 느껴진다. 그래서 2연까지만 보면, 사랑하는 이를 그리는 연가戀歌로 읽히는 게 사실이다. 그런데 후반부에 이르러 시의 정조가 바뀐다. 푸른 산봉우리를 거울처럼 담아내는 가을 강물을 떠올려 보라.

굳이 '이사무애법계理事無礙法界'라는 말을 예로 들지 않더라도, 본체와 현상은 둘이 아니라는 것을 알아야 한다. 서로 걸림 없는 관계 속에서 의존하고 있으므로 모든 존재는 평등 속에서 차별을 보이고, 차별 속에 평등을 보이는 것이다.

꽃잎만 빈집으로 찾아들고

서산 청허 스님

배꽃 천만 조각
빈집으로 찾아드네
목동의 피리 소리 앞산을 지나가건만
사람도 소도 보이지 않네

梨花千萬片
飛入淸虛院
牧笛過前山
人牛俱不見

봄날의 훈풍에 배꽃이 흩날리는 것을 보고 있으면 꿈결처럼 느껴진다. 그 천만 조각의 꽃잎들이 집으로 날아든다고 생각해 보라. 얼마나 곱겠는가? '빈집'이라고 옮겼지만, 원문을 그대로 하면 '청허원淸虛院'이다. 아시다시피 청허는 스님의 호이다. 그러니까 난분분 흩날리는 배꽃이 날아오는 것은 바로 스님 자신의 집이다. 그래서 원院이라는 글자가 더 묘연하게 느껴진다. 원院은 집이라는 뜻 말고도 담이라는 의미도 지니고 있다. 담은 경계의 상징이다. 이편과 저편, 배제와 포용의 구분선이 바로 담인 것이다. 하지만 서산 청허 스님이 말하는 원院은 안팎을 나누는 담이 아니다. 왜냐하면 스님의 집은 맑게 비어 있는 집[淸虛院]이기 때문이다.

청허원에서는 목동의 피리 소리를 들을 수는 있어도, 목동도, 목동이 끌고 가는 소도 볼 수가 없다.

이 시를 읽고 나면 자연스럽게 서산 청허 스님이 숭인 스님에게 지어 바쳤다는 시가 떠오른다. '홀연 들려온 소쩍새 소리에 창밖을 보니, 봄빛 물든 온 산이 모두 고향이구나'라는 구절이.

밤은 깊어도 그대는 오지 않고

서산 청허 스님

밤은 깊어 가는데 그대는 오지 않고
새들은 잠이 들어 온산이 고요하네
소나무 달이 꽃 숲을 비추어서
온몸에 붉고 푸른 그림자만 무늬지네

夜深君不來
鳥宿千山靜
松月照花林
滿身紅綠影

서산 스님의 작품 가운데 토속적 서정과 불교적 정서가 어우러진 시이다. 굽이치는 선지禪旨도 없고, 칼날과 같은 기봉機峰도 없으나, 달빛이 만들어 낸 푸르고 붉은 물감으로 새로운 이미지를 이루어 내고 있다.

수행자에게는 잡힐 듯 잡히지 않는 화두가 바로 최고의 선禪일 것이다. 높이 뜬 만월이 꽃밭을 두루 비춘다는 구절과 온몸에 붉고 푸른 그림자만 무늬진다는 구절도 같은 맥락에서 봐야 할 것이다.

서산 청허 스님의 《선가귀감》에는 이런 내용이 있다.

'범부들은 눈앞의 현실만 따르고, 수행자는 마음만 붙잡으려고 한다. 그러나 마음과 바깥 현실 둘 다 내버리는 것이 참된 법이다.'

둘 다 내버리는 것을 일컬어 '양망兩忘'이라고 한다. 둘 다 버린 후에야 안팎으로 걸림이 없게 된다는 것을 서산 스님이 일깨워 주고 있다.

팔만대장경이 본시 하나의 빈 종이였네

서산 청허 스님

백발이 돼도 마음은 늙지 않는다고	髮白非心白
옛사람이 이미 일러 줬네	古人曾漏洩
지금 대낮에 닭 우는 소리 듣나니	今聽一聲鷄
대장부의 할 일을 다 마쳤네	丈夫能事畢
홀연히 나를 발견하니	忽得自家底
온갖 것이 다 이것이어라	頭頭只此爾
천언만어의 경전들이	萬千金寶藏
본시 하나의 빈 종이였네	元是一空紙

서산 청허 스님의 오도송이다. 마을을 지나가다가 문득 낮닭이 우는 소리를 듣고 확철대오한 스님이 깨달음을 스스로 증명한 노래이다.

사실 서산 스님만큼 이름이 많은 스님도 없을 것이다. 서산西山이란 이름은 그가 오랫동안 묘향산에 주석한 데서 얻어진 별칭이다. 자는 현응玄應, 법명은 휴정休靜, 호는 청허淸虛였다. 이 밖에도 백화도인白華道 人, 풍악산인楓岳山人, 두류산인頭流山人, 묘향산인妙香山人, 조계퇴은曹溪退 隱, 병로病老 등 다양한 호를 지니고 있었다. 이렇듯 많은 이름이 있었으 나, 스님의 부모미생전父母未生前 본래면목本來面目은 애오라지 하나였다. 이는 '홀연히 나를 발견하니, 온갖 것이 다 이것'인 이치와 같고, '천언 만어의 경전들이 본시 하나의 빈 종이'인 이치와 같은 것이다.

흐르는 물은 말이 되고 산은 몸이 되어

서산 청허 스님

저 드높이 빼어난 이여
개울 소리는 법문이 되고 산은 법신이 되어
비로자나불의 게송을 누설하니
돌사람이 이 소식을 세상에 전해 주네

巍巍落落子
澗舌山爲身
漏洩毘盧偈
流通是石人

이 시에서 가장 문학적인 구절은 '개울 소리는 법문이 되고, 산은 법신이 되어'일 것이다. 가장 교학적인 구절은 '비로자나불의 계송을 누설하니'일 것이다. 선가禪家에서는 최상의 깨달음을 물을 때 '조사서래의祖師西來意'라는 표현을 쓴다. 이 질문에 대답은 천차만별이긴 하지만, 일상생활에서 그 해답을 찾는다는 점은 같다. 가령, 조주 스님의 '뜰 앞의 잣나무庭前栢樹子'가 대표적이라고 할 수 있다. 깨달음을 먼 데서 찾지 말고, 일상생활에서 찾으라는 뜻일 게다. 이런 선리禪理의 근거가 되는 게 바로 비로자나불 신앙이다.

몇 년 전 일본학자 하세가와 요조가《기독교와 불교의 동질성》이라는 책을 펴낸 바 있다. 이 책은 기독교의 로고스와 불교의 법이 유사하며, 기독교의 성삼위일체와 삼불이 유사하다는 것을 밝히고 있다. 이 책에 따르면, 성령과 대칭관계에 있는 게 비로자나불이다. 비로자나불은 우주법계에 두루 편재해 있는 불법을 일컫는다. 그런 까닭에 화엄종찰에는 비로자나불이 모셔져 있다.

서산 청허 스님의 깨달음은 실로 깊다. 그의 눈에는 흐르는 계곡 소리가 불법이 되고, 푸른 산이 법신이 된다. 그의 귀에는 일체 음색이 부처님의 법음이 된다. '눈 밝은 이', '귀 밝은 이'라는 말은 이럴 때 쓰는 것이리라. 만약 비로자나불의 계송을 듣고 싶다면, 가까운 개울에 가서 흐르는 물소리를 들을 일이다. 거슬리는 부분은 이 시를 읽고 있으면 소동파의 오도송이 상기된다. 이미지가 상당히 흡사하고 겹치는 부분이 많다. 선시禪詩에서 동일한 시어詩語와 이미지 중복은 선시가 극복해야 할 과제이다.

아름다운 가락은 하늘로 올라가고

서산 청허 스님

서래의 이 한 곡조
천고에 아는 이 없네
그 여음에 하늘 밖으로 올라가니
바람과 구름이 이 소리에 화답하네

西來這一曲
千古沒人知
韻出靑霄外
風雲作子期

이 시를 읽고 나면 미당 서정주의 〈꽃밭의 독백〉이라는 시가 떠오른다. '노래가 낫기는 그중 나아도 구름까지 갔다가 되돌아오고'라는 구절 때문이다. 여기서 노래는 시詩를 일컫는 것이다. 그러니 세속의 노래라고 할 수 있다.

하지만 서산 청허 스님이 말하는 '서래의 이 한 곡조'는 '소리 이전의 말' 즉, '성전일구聲前一句'를 의미한다. 성전일구는 선종의 효시라고 할 수 있는 '불립문자不立文字 교외별전敎外別傳'과도 일맥상통한다고 할 수 있다.

서산 청허 스님은 간단명료한 선교관을 남겼다.

'선은 부처님의 마음이요[禪是佛心], 교는 부처님의 말씀[敎是佛語]'이라는 것이다. 또한 서산 청허 스님은《선가귀감》을 통해서 선이 주이고, 교가 종이라는 사실을 명확히 했다. 따라서 그의 선교관은 선교일치보다는 사교입선捨敎入禪에 가깝다고 할 수 있다.

사실, 소리 이전의 한 마디를 누가 알겠는가? 불조도 모른다고 하는데. 그러나 바람과 구름만이 이 성전일구에 화답하고 있음을 서산 청허 스님은 일깨워 주고 있다.

화로 위에 내린 한 점 눈송이

서산 청허 스님

천 가지 계략과 만 가지 생각
붉은 화로 위에 내리는 한 송이 흰 눈이네
진흙소가 물 위로 가니
대지와 허공이 찢어지네

天計萬思量
紅爐一點雪
泥牛水上行
大地虛空裂

중국의 설두 중현 스님이 임종에 다다라서 제자들에게 말했다.

"생전에 너무 많은 말을 해서 허물을 많이 지었다. 누가 이 허물을 없애주지 않겠느냐?"

흔히 스님의 죽음을 일컬어서 열반涅槃이라고 한다. 말과 생각이 일시에 끊기기 때문일 것이다.

삶의 영욕만큼 무상한 것도 없다. 그러니 천 가지 계략도, 만 가지 생각도 실은 붉은 화로 위에 내리는 한 송이 흰 눈에 지나지 않을 것이다.

소개한 선시는 서산 스님의 임종게이다.

1604년 1월 묘향산 원적암에서 설법을 마치고 서산 청허 스님은 자신의 영정을 꺼내어 그 뒷면에 '80년 전에는 네가 나이더니八十年前渠是我, 80년 후에는 내가 너로구나八十年後我是渠'라는 글을 남기고 입적했다. 이때 그의 세납 85세, 법랍 67세였다.

선가의 입장에서 보자면, 그는 우리나라 임제종의 종조인 보우의 7대손이다. 그런가 하면, 조선의 입장에서 보자면, 선조 임금이 내린 '국일도대선사 선교도총섭 부종수교 보제등계존자國一都大禪師 禪敎都總攝 扶宗樹敎 普濟登階尊者'라는 최고의 존칭을 얻었다. 이는 정2품 당상관의 작위에 해당한다. 하지만, 정작 서산 청허 스님의 입장에서 보면 80년 전에도, 80년 후에도 자타의 경계가 없는 자유인일 뿐이었다.

평생 동안 쏟은 말이 부끄럽네

정관靜觀 일선一禪 스님[*]

평생 동안 지껄인 것 부끄러우니
지금은 모든 것을 뛰어 넘었네
말이 있고 말이 없고 모두 틀렸으니
그대들은 부디 이를 알아라

平生慚愧口喃喃[**]
末後了然超百億
有言無言俱不是
伏請諸人須自覺

[*]정관 일선 스님 (1533~1608)
조선 중기 전라북도에 불교를 보급하는 데 큰 영향을 끼쳤다. 중종 28년 충청남도 연산에서 태어났고, 15세에 출가했다. 정관 일선 스님은 임진왜란 때 의병 승군으로 전쟁에 참여하는 것은 출가자의 본분이 아니라고 사명대사에게 충고하기도 했다. 묘향산에서 수행하다가 노년에 이르러 속리산에 주석했다. 병세가 있자 그는 육신을 버릴 때가 됐다는 것을 깨닫고 대중을 모아놓고 다음과 같이 일렀다. "어젯밤 꿈에 밝은 달이 나의 옷자락에서 떠오르더라." 차 한 잔을 마시고 목욕한 후 앉아서 입적했다.
[**] 남남 喃喃: 수다스럽게 재잘거림

본래면목本來面目이란 본래 고유한 자기를 일컫는다. 뜻이 비슷한 말로
는 불심佛心, 불성佛性, 본지풍광本地風光, 본분전지本分田地, 주인공, 무위
진인無爲眞人이 있다. 간단히 말해서 본래면목이란 선악과 미추의 경계
를 모르는 갓난애의 마음과 같은 것이라고 할 수 있다. 갓난애는 말을
모른다. 그래서 갓난애에게는 언어가 없다. 그럼에도 제 뜻을 이렇게 저
렇게 표현한다. 그런 것을 보면 모든 사람들의 모국어는 옹알이라고 할
수 있다. 여기서 우리가 유념해야 할 것은 갓난애는 절대로 어떤 특정
한 이데올로기를 위해서 울지 않는다는 사실이다.

《시경詩經》에 보면 이런 구절이 있다.

'소리개가 날아서 하늘에 다다르고, 물고기는 연못에서 뛰어오른다.'

힘찬 약동의 이미지도 빼어나지만, 그 속에 세상 모든 존재마다 갖고
있는 진기眞己를 담았다는 것이 더 놀랍다.

자연은 불사선不思善 불사악不思惡이다. 그래서 애써 궁구하지 않아도
본래면목에 다다를 수 있는 것이다. 거기에 무슨 말장난이 필요하겠는
가?

한 잔의 차와 한 권의 경전

부휴浮休 선수善修 스님 [*]

깊은 산 홀로 앉아 만사가 가벼우니
문 닫고 온종일 무생을 배우네
내 생애를 되돌아보니 아무 것도 없고
여기 한 잔의 차와 한 권의 경전이 있네

獨坐深山萬事輕
掩關終日學無生
生涯點檢無餘物
一椀新茶一卷經

부휴 선수 스님 (1543-1615)

17세에 출가해 신명 스님의 제자가 됐다. 이후 부용 영관 스님의 법을 이었다. 임란 이듬해에는 사명 스님의 추천으로 승병장이 돼 승군을 지휘하기도 했다. 1609년 송광사 요청으로 부휴 선수 스님은 제자 400명을 거느리고 송광사를 대대적으로 중수하였다. 세수 73세, 법랍 54세에 입적하였다. 나라로부터 '부휴당 부종수교변지 무애추가 홍각대사 선수등계 존자浮休堂 扶宗樹敎辨智 無礙追加 弘覺大師 善修登階 尊者'라는 시호를 받았다.

은둔자의 적막한 심정이 잘 그려져 있는 작품이다.

류록화홍柳綠花紅이라는 소동파의 시구가 있다. 이 구절은 초록과 다홍이라는 대조적인 색감을 통해서 봄날의 화사함을 표현한 것이다. 그런데 이 구절이 때로는 선어로도 쓰인다. 이유인즉슨, 버들잎은 붉을 수 없고, 봄꽃은 푸를 수 없기 때문이다.

소동파의 또 다른 명구 중 '계곡 물소리는 장광설長廣舌, 산색은 청정신淸淨身'이라는 구절이 있다. 이 또한 '류록화홍'과 마찬가지로 법이자연法爾自然을 읊은 구절이라고 할 수 있다.

'문 닫고 온종일 무생을 배우는' 은둔자에게도 소유물 하나는 있으니, 그것은 한 잔의 차와 한 권의 경전이다. 그리고 그 차와 경전은 실은 자연 이상은 아닐 것이다.

오늘 아침 이 몸 벗고 근원으로 돌아가네

부휴 선수 스님

칠십여 년 동안 환영의 바다에서 놀다가
오늘 아침 이 몸 벗고 근원으로 돌아가네
본성은 확연하여 걸릴 것이 없으니
여기에 어찌 깨달음과 생사가 있으리요

七十餘年遊幻海
今朝脫殼返初源
廓然眞性元無碍
那有菩提生死根

*초원 初源: 최초의 근원
**확연 廓然: 마음이 넓고 허심탄회한 모양

부휴 선수 스님은 학식, 덕행, 글씨가 뛰어나서 사명 유정 스님과 함께 '이난二難'이라고 불렸다. 그도 그럴 게 스님은 당시 시詩, 서書, 문文에 두루 뛰어났던 노수신의 장서를 7년에 걸쳐 모두 읽었다고 한다.

이 선시는 부휴 선수 스님의 임종게이다. 부휴 선수 스님의 선시는 한자 그대로 읽는 게 더 선미禪味가 살아 있다. 가령, '유환해遊幻海'라는 구절이 대표적이다. 칠십여 년의 삶을 회고하면서 '꼭두의 바다에서 노닐었다'고 말하는 부휴 선수 스님. 그는 필시 어느 이른 아침[今朝], 곡식이 껍질을 벗듯이[脫殼] 본래의 자리로 돌아갔을[返初源] 것이다. 그 어디에도 걸릴 게 없는[無碍], 깨달음도, 생사도 초극한 곳으로.

인간의 참다운 모습은 버리는 순간마다 드러나기 마련이다. 죽음이라는 것도 따지고 보면 낡은 옷을 갈아입는 것과 다를 바 없다.

흔히 빼어난 재능을 표현할 때 '송곳은 주머니에 넣어도 감출 수가 없다'는 말을 쓰는데, 부휴 선수 스님이 그 실례이리라.

눈 쌓인 빈 뜰에 붉은 잎 떨어지고

청매青梅 인오印悟 스님[*]

서릿발 같은 칼날로 봄바람 베니
눈 쌓인 빈 뜰에 붉은 잎 떨어지고
이 가운데 옳고 그릇됨을 가리면
서리에 묻힌 반달이 서쪽 봉우리에 걸리네

一揮霜刀斬春風
雪滿空庭落葉紅
這裏是非才辨了
半輪寒月枕西峯

[*] 청매 인오 스님 (1548-1623)
서산 정혀 스님의 제자로 오랫동안 묘향산에서 스승을 모시고 정진하다가 지리산 천왕봉 아래 연곡사에서 입적했다. 그가 수행을 통해 성취한 깨달음의 경지는 중국의 설두 중현 스님을 능가한다는 평가가 있다. 청매 인오 스님이 남긴 어록과 시구에는 불조를 뛰어넘는 기용機用이 깃들어 있다.

'눈 쌓인 빈 뜰에 붉은 잎이 떨어진다'는 구절에서 자연스럽게 2조 혜가 스님의 구도행을 떠올리게 한다. 해인사 법당 벽에는 '혜가단비도 慧可斷臂圖'가 그려져 있는데, 자신의 팔을 달마 스님에게 바치는 모습이 매우 형형彤彤하게 묘사돼 있다.

중국 선종의 2대조인 혜가 스님은 중국 낙양사람으로 이름은 신광, 성은 희였다. 소림사 달마 스님을 찾아가 가르침을 청했다. 그러나 면벽하고 있던 달마 스님은 답이 없었다. 혜가 스님은 뜰에 서서 법을 구하려는 일념으로 꿈적도 하지 않은 채 응답을 기다렸다. 더군다나 그날 밤엔 눈이 내려 몸이 얼 정도로 추웠다. 아침에 달마 스님이 "무슨 까닭으로 찾아왔는가?"라고 묻자, 혜가 스님은 "법의 가르침을 구하러 왔습니다"라고 답했다. 이에 달마 스님이 "너의 믿음을 바쳐라"고 하였다. 이에 혜가는 지체하지 않고 칼로 왼팔을 잘라 버렸다. 그러자 땅에서 파초 잎이 솟아나 잘린 팔을 고이 받들었다고 한다.

선종이 중국에 와서 처음으로 법을 계승하는 장면이다. 한편 혜가 스님의 팔이 산적에게 잘렸다는 주장이 제기되기도 했다. 어디까지가 사실이고 어디까지가 허구인지 모르겠지만, 설령 그 일화가 과장된 것일지라도 구법을 향한 혜가 스님의 의지만큼은 교훈으로 삼아야 할 것이다.

청매 스님의 에스프리에 전율을 느낀다. 그의 눈빛이 닿는 곳마다 경련이 일어났을 것이다. 팔이 잘려서 눈 위에 피가 흐르는 모습을 '눈 쌓인 빈 뜰에 붉은 잎이 떨어진다'고 묘사한 청매 스님이야말로 선시의 시성詩聖이다.

꽃 들고 웃을 때 이미 일을 그르친 것

청매 인오 스님

서릿발 돋는 우렛소리에 대낮이 어두워지고
바늘처럼 솟은 봉오리 위에서 대지가 희롱하네
꽃 들고 웃을 때 이미 일이 그르친 것
또다시 허공을 잡아 두 동강을 내는구나

磊落寒聲白日昏
針峰頭上弄乾坤
拈華微笑家初喪
更把虛空作兩分

뇌락 磊落: 작은 일에 구애되지 않는 것

'꽃 들고 웃을 때 이미 일이 그르쳤다'는 구절은 '부처님이 마하 가섭 존자에게 전한 삼처전심三處傳心부터 글렀다'는 뜻이다. 불온한 발언이 아닐 수 없다. 선종의 종조는 부처님이요, 그 1대 제자는 마하 가섭 존자이다. 그리고 부처님이 마하 가섭 존자에게 은밀히 전한 가르침은 삼처전심에 모두 들어 있다. 그래서 선禪을 일컬어 불립문자不立文字 교외별전教外別傳이라고 하는 것이다.

그런데 선종의 수행납자인 청매 인오 스님이 불조佛祖와 불법의 요지인 삼처전심을 부정하고 있다. 그 이유가 뭘까?

이는 임제 스님의 '살불살조殺佛殺祖' 즉, '부처를 만나면 부처를 죽이고 조사를 만나면 조사를 죽이라'는 뜻과 일맥상통한다. 물론 임제 스님이 말한 부처나 조사는 실제의 부처나 조사가 아니다. 부처라는 허상, 조사라는 허상을 일컫는다. 설령 불조의 가르침일지라도 얽매이면 안 된다는 것이다. 그래서 임제 스님의 가르침을 간단히 요약하면 무위진인無位眞人이라고 할 수 있다. 격외格外에서 노닐 줄 아는 진인에게는 그 어떤 가르침도 절대적일 수 없는 것이다.

지옥에 들어가도 고통이 없네

청매 인오 스님

깊고 깊어 바다와 같고　　　　　　沈沈如大海

넓고 넓어 저 허공과 같네　　　　　落落等虛空

적적하여 보고 듣는 것 끊기고　　　寂寂絶見聞

소란하여 같고 다름이 없네　　　　擾擾無異同

하늘에 태어나도 즐겁지 않고　　　生天不受樂

지옥에 들어가도 고통이 없네　　　入獄無多苦

그대에게 묻노니 이 무슨 물건인가　問君是何物

나도 모르는데 그대 어찌 알리　　　我迷汝何悟

˚침침 沈沈: 깊은 모양
˚˚요요 擾擾: 소란한 모양

여기 형상이 없는 사람이 있다. 이 사람은 극락도 즐겁지 않고, 지옥에 들어가도 고통이 없다. 이 사람은 누구인가? 여기 형상이 없는 물건이 있다. 이 물건은 깊고 깊어 바다와 같고, 넓고 넓어 허공과 같다. 이 물건은 무엇인가? 여기 형상이 없는 곳이 있다. 이곳은 적적하여 보고 듣는 것 끊기고 소란하여 같고 다름이 없다. 이곳은 어디인가?

천기가 유동해 하늘을 뛰어넘고 땅을 뽑을 듯 한 청매 인오 스님의 기개를 느낄 수 있는 시편이다. 그 기개만으로 보자면 《장자》의 〈소요유〉 편에 나오는 '붕정만리鵬程萬里'에 견줄 만하다고 할 수 있다. 붕정만리란 붕鵬이 날아가는 만 리의 항로를 가리킨다. 장자는 전설의 새 붕을 이렇게 표현했다.

'어둡고 끝이 보이지 않는 북쪽 바다에 곤鯤이라는 큰 물고기가 있었는데 얼마나 큰지 몇 천리나 되는지 모를 정도이다. 이 물고기가 변해서 붕이 되었다. 날개 길이도 몇 천리인지 모른다. 한 번 날면 하늘을 뒤덮은 구름과 같았고, 날갯짓을 3천 리를 하고 9만 리를 올라가서는 여섯 달을 날고 나서야 비로소 한 번 쉬었다.'

따라서 붕이란 웅장하고 원대한, 상상을 초월하는 세계를 일컫는다.

떠난 이는 다시는 돌아오지 않네

기암奇巖 법견法堅 스님*

물은 산 밖으로 흐르고
상여소리 구름골로 가고 있네
황천은 어디메쯤 있는가
떠난 이는 다시는 돌아오지 않네

溪水流別山
挽歌**入雲間
黃泉知何許
無限去不還

* **기암 법견 스님 (1522-1634)**
  서산 청허 스님의 제자이다. 금강산과 지리산에서 오랫동안 주석하였다.
** **만가 挽歌:** 상여를 메고 갈때 하는 노래

100

이 선시를 읽고 나면 신대철 시인의 〈흰 나비를 잡으러 간 소년은 흰 나비로 날아와 앉고〉가 떠오른다.

죽은 사람은 죽은 사람, 소년들은 잎 피는 소리에 취해 산山 아래로 천 개의 시냇물을 띄웁니다. 아롱아롱 산山울림에 실리어 떠가는 물빛, 흰 나비를 잡으러 간 소년은 흰 나비로 날아와 앉고 저 아래 저 아래 개나리꽃을 활짝 피우며 활짝 핀 누가 사는지?

너무도 당연한 말이다. 죽은 사람은 죽은 사람이다. 소년들이 잎 소리에 취해 천 개의 시냇물을 띄워도, 흰 나비를 잡으러 간 소년이 흰 나비로 날아와 앉아도 죽은 사람은 죽은 사람이다.

너무도 당연한 말이다. 떠난 이는 돌아오지 않는다. 물이 산 밖으로 흐르고, 상여소리가 구름골에 닿아도 떠난 이는 돌아오지 않는다.

그래서 더욱 묘연하다. 황천은 어디메쯤인지? 그리고 저 아래에는 누가 개나리꽃을 활짝 피우며 사는지?

육신과 이별하며

기암 법견 스님

내 이 세상에 태어나 그대를 의지했으니
그대와 서로 의지하며 오십 년 살아왔네
그대와 이제 잡은 손 놓게 되면
백 년 동안 사귄 정이 하루 아침에 멀어지리

我生落地卽憑渠
渠我相將五十餘
秪恐與渠分手日
百年交道一朝疎

* 낙지 落地: 이 세상에 태어남
** 분수 分手: 이별하다.

오래전 〈천녀유혼〉이라는 홍콩 영화가 한국에서 흥행에 성공한 바 있다. 기실 이 영화의 원작은 당나라 진현우의 〈이혼기離魂記〉이다. 내용은 이렇다.

왕문거와 장천녀는 부모의 언약으로 태어나기 전부터 이미 정혼한 사이였다. 그런데 왕문거의 부모와 장천녀의 아버지가 죽자 장천녀의 어머니는 둘의 결혼을 허락하지 않았다. 둘은 밤에 몰래 도주했고 왕문거는 장원급제한 뒤 아내와 함께 처가에 갔다. 장모는 둘을 보자 매우 놀라워 했다. 그도 그럴 게 장천녀의 육신은 그간 병에 걸려 처가에 누워 있었던 것이다. 그러니까 왕문거를 따라간 것은 장천녀의 영혼이었 던 것이다.

5조 법연 스님은 납자들에게 이렇게 물었다.

"천녀의 혼이 떠났다는데, 어느 게 진짜인가?"

누구나 죽음을 맞게 되면 육신과 이별해야 한다. 육신은 영혼이 잠시 묵고 가는 여인숙에 불과하다.

내 뼈와 살을 숲속에 버려라

고한孤閑 희언熙彦 스님*

공연히 이 세상에 와서
지옥의 앙금만 만들고 가네
내 뼈와 살을 저 숲속에 버려
산 짐승들 먹이가 되게 하라

空來世上
特作地獄滓矣
命布體林
麓以飼鳥獸

고한 희언 스님 (1561-1647)
함경북도 명천에서 출생해 12세에 칠보산 운주사로 출가했다. 부휴 스님을 은사로 모시고 수행했다. 언제나 남이 하기 싫어하는 일을 도맡아 했고, 일생 동안 바랑 하나 장삼 한 벌 외에는 아무것도 지니지 않았다. 남에게 나서는 것을 싫어해 자기 이름을 드러내지 않고 살았다. 광해군이 부친인 선조의 재를 정계사에서 지내기 위해 고한 희원 스님을 증사證師로 불렀다. 천도재가 끝나자 스님은 광해군이 선물한 금란가사를 벗어놓고 종적을 감췄다.

고한 희언 스님의 임종게다. 하지만 스님의 지시대로 제자들은 따르지 않았다. 은사의 법체를 산짐승의 먹잇감으로 줄 수는 없었던 것이다. 스님의 다비식 날 일진광풍이 휘몰아쳤다. 바람이 멎고 나니 스님의 머리뼈가 소나무 가지에 걸려 있었다. 게다가 잿더미 위로 연기가 피어올라 탑 형상을 만들었다. 잿더미 속을 뒤지니 수십 과의 사리가 나왔다. 그 사리는 보름 동안이나 법당을 환히 비추었다.

이 글을 읽고 나면 '명포命布'라는 말이 가슴에 가시처럼 박힌다. 그래서 공연히 얼굴과 몸을 만져보게 된다. 그리고 혼잣말을 중얼거린다. 이게 바로 '목숨의 포대기'구나!

그림자 없는 나무를 심고 나서

소요逍遙 태능太能 스님[*]

한 그루 그림자 없는 나무를
불 가운데 옮겨 심었네
봄비가 적셔 주지 않아도
붉은 꽃 어지러이 피어나겠지

一株無影木
移就火中栽
不假三春雨
紅花爛漫開

*소요 태능 스님 (1562~1649)
전남 담양 출생으로 13세에 백양사로 출가했다. 부휴 스님에게 경전을 배우고, 묘향산에서 서산 스님을 친견하고 실참실
구해 깨달음을 성취했다.

이 지상에 그림자 없는 나무는 없다. 그럼에도 소요 태능 스님은 한 그루의 그림자 없는 나무를 심었다고 한다. 그것도 불구덩이에다가 말이다. 불구덩이에 나무를 옮겨 심으면 응당 타서 매운재가 될 것이다. 하지만 소요 태능 스님이 심은 나무는 불구덩이 속에서도 단단히 뿌리를 내린다. 그뿐만 아니라 단비가 적셔 주지 않아도 가지를 뻗고 그 가지 위에 붉은 꽃을 주렁주렁 매달게 된다.

그 이유는 마음속에 뿌리를 내린 나무이기 때문이다. 그러니 이 나무의 가지에 피어난 붉은 꽃은 바로 깨달음의 꽃이라고 할 수 있다.

진흙소가 눈길을 걷네

소요 태능 스님

보라, 발밑에 옛길은 분명하거니와
내 스스로 그것을 모르고 이곳저곳 헤매었네
천지창조 이전으로 훌쩍 뛰어넘으니
뿔 부러진 진흙소가 눈길을 달리네

古路分明脚下通
自迷多劫轉飄蓬
飜身一擲威音外
折角泥牛走雪走

황벽 스님은 《완릉록宛陵錄》에서 이렇게 설했다.

마음 그대로가 부처다. 위로는 부처님부터 아래로는 꿈틀거리는 벌레
까지 다 부처의 성품을 지니고 있다. 마음의 본체는 하나이다. 보리 달마
께서 서쪽에서 오시어 오직 일심一心의 법만 전하신 것도 같은 이유다.
이런 깨달음은 수행으로 얻어지는 게 아니다. 자신의 본성을 돌이켜 볼
일이지 특별히 다른 것을 구할 것은 없다.

깨달음이란 특별한 게 아니다.
새소리, 벌레 소리가 모두 마음을 전하는 것이고, 붉은 꽃, 푸른 잎이
모두 진여眞如를 나타내는 문장인 것이다.

입 벌리면 그대로 목이 잘리네

소요 태능 스님

해탈이여, 비해탈이여
열반이 어찌 고향이라 할 수 있으리
저 장검의 빛 사무치나니
입 벌리면 그대로 목이 잘리네

解脫非解脫
涅槃豈故鄉
吹毛*光爍爍
口舌犯鋒鋩**

*취모 吹毛: 古代의 名劍
**봉망 鋒鋩: 날이 있는 무기의 첨단

태고 스님은 이렇게 설했다.

생각이 일어나고 사라지는 것을 생사라고 한다. 이 생사에 부딪혀 힘을 다해 화두를 들라. 화두가 순일하게 들리면 일어나고 사라짐이 없을 것이니 일어나고 사라짐이 없어진 것을 고요라고 한다. 고요함 가운데 화두가 없으면 무기無記라고 하고, 고요한 가운데 화두가 살아 있는 것을 신령한 지혜라고 한다. 몸과 마음이 화두와 한 덩어리가 되면 기대고 의지할 데가 없어진다.

태고 스님의 말씀을 간단히 요약하면 '성성적적惺惺寂寂'이라고 할 수 있다. 고요하지만 어둡지 않은 마음. 그게 바로 간화선 수행이다.

그런 까닭에 깨달은 자는 말이 없기 마련이다. 깨달았느니, 깨닫지 못했느니 분별하는 것부터 그른 것이기 때문이다.

'취모광삭삭吹毛光爍爍'이라는 구절은 영가 현각 스님의 《증도가證道歌》 중 '대장부가 지혜의 칼을 잡으니 반야의 칼날이요, 금강의 불꽃이다. 외도의 심장을 쳐부술 뿐 아니라, 천마의 간담도 떨어뜨렸다'는 구절을 떠올리게 한다.

곧바로 저 허공을 꿰뚫어 부수었네

중관中觀 해안海眼 스님[*]

거북이 털로 만든 화살 한 쌍
토끼 뿔로 만든 활에 걸어 세 번 쏘네
바람 부는 아득한 곳에 앉아
곧바로 저 허공을 꿰뚫어 부수었네

一雙龜毛箭
三彈兎角弓
崖風吹處坐
直射破虛空

[*] 중관 해안 스님 (1567~?)
서산 스님의 제자다. 임진왜란 때 승군으로 전란에 참여하기도 했다. 《불조원류佛祖源流》에는 그가 임제의 정맥과 태고의
법통을 이었다고 기술하고 있다. 어려서부터 학문에 비상한 재주가 있어 아버지가 과거 응시를 종용하였으나 출가를 하
자 아버지가 통곡을 했다고 중관의 문집 발문에 나와 있다. 스님의 입적 기록은 전해지지 않고 있다.

언뜻 보면 초현실주의 기법을 떠올리게 하는 선시이다. 우선, '거북이 털로 만든 화살'이나, '토끼 뿔로 만든 활'이라는 표현이 그렇다. 알다시피 거북이에게는 털이 없다. 토끼에게도 뿔은 없다. 토끼털로 만든 화살이나, 거북이 껍질로 만든 활이라면 모를까. 재밌는 것은 거북이 털로 만든 화살은 한 쌍 즉, 두 개라고 봐야 하는데, 시적 화자는 활시위를 세 번 당겼다고 한다.

처음부터 끝까지 논리적으로는 이해가 불가능한 구절뿐이다.

이 시의 주제는 단연코 마지막 구절인 '직사파허공直射破虛空'이라고 할 수 있다. 앞 구절들은 먹잇감을 잡기 위해 깔아 놓은 덫과 같은 역할을 하는 것이다.

청원 유신 스님은 상당법어를 아래와 같이 설했다.

노승이 참선하기 전에는 산은 산이고 물은 물이었다. 선의 진리를 찾았을 때 물은 물이 아니고 산은 산이 아니었다. 그러나 마지막 쉴 곳인 깨달음을 얻고 보니 산은 진정 산이고 물은 진정 물이로다.

중관 혜안 스님의 선시가 지극한 비논리에서 논리의 세계로 바뀌는 것도 같은 맥락에서 해석할 수 있을 것이다.

그대 창문을 달빛이 엿보고 있네

편양鞭羊 언기彦機 스님[*]

굳게 잠긴 사립문은 천 봉우리 끼고 앉아
인적 없는 숲길에 흰 눈이 쌓였네
저 하늘에 정이 있는 무슨 물건이 있어
밤이 되면 밝은 달이 홀로 와서 엿보는가?

柴門迥世擁千峯
林逕無人雪色深
何物有情天上在
夜來明月獨窺尋

[*]**편양 언기 스님 (1581~1644)**
임진왜란이 일어난 해에 금강산 유점사楡岾寺로 출가했다. 당시 스님의 나이 12세였다. 현빈玄賓 스님 밑에서 삼장三藏을
이수했다. 19세 때 평안도 어느 목장에서 '양치기 생활'을 하면서 편양鞭羊이라는 법호를 얻었다. 22세 때 묘향산의 서산
청허 스님에게 입실하고 3년을 시봉한 뒤 법통을 잇게 됐다. 편양 언기 스님은 스승인 서산 스님이 입적한 묘향산 내원에
서 세연을 거뒀다. 은색 사리 5과를 수습한 제자들은 묘향산과 금강산에 부도와 비를 세웠다.
^{**}**채문 柴門:** 문을 닫음

편양 언기 스님은 서산 스님의 제자 81명 중 막내였다.

사명四溟, 소요逍遙, 정관靜觀, 편양鞭羊을 이른바 '서산 문하의 4대 문파'라고 한다. 결과적으로는 다른 3대 문파에 비해 편양 문손만이 크게 성했다. 왜 편양 언기 스님의 문하만 가지를 크게 뻗은 것일까? 어쩌면 이는 스님이 3년 간 양치기 생활을 하고 평양성 내에서의 보살행을 펼친 공덕의 과보인지도 모르겠다. 스님은 양 떼를 키울 때 부모가 자식을 기르듯 정성을 다했다고 한다. 스님은 평양성 내 모란봉에 움막을 짓고 살 때에도 걸인 수백 명을 보살펴 줬다.

스님의 성정 때문일까? 스님의 시편들은 한결같이 정감情感이 깊다.

'천 봉오리를 끌어안고 있는 사립문'은 다름 아닌 스님의 마음일 것이다. 그리고 '밤이 되면 홀로 와서 엿보는 밝은 달'이란 바로 스님의 가르침일 것이다. 스님의 법신은 가고 없어도 스님의 가르침이 대대손손 번창했던 것처럼.

얼굴 없는 늙은이가 환히 웃네

월봉月峰 무주無住 스님[*]

나무사내 피리 불며 구름 속 달리고
돌계집 가야금 타며 바다 위 걸어오네
이 가운데 얼굴 없는 늙은이 있어
입을 크게 벌리고 박장대소하네

木人吹笛雲中走
石女彈琴海上來
箇裡有翁無面目
呵呵附掌笑顏開

---

[*]월봉 무주 스님 (1624~?)

경상도 성주에서 태어났다. 12세에 가야산 해인사로 출가했고, 15세에 안로安老 스님을 은사로 모시고 득도했다. 송파松坡 스님에게 경을 배웠으며, 지리산의 벽암 각성碧巖 覺性 스님에게서 교학을 전수받았다. 금강산의 풍담 의심楓潭 義諶 스님에게서 선을 수행하다가 취암 해란翠巖 海瀾 스님의 법을 이어받았다. 그 뒤 치악산 금선암 金仙庵에서 좌선했다. 이어 성주의 불령사佛靈寺를 비롯해 전국의 절을 편력하며 후학들에게 선과 경을 가르쳤다. 스님의 입적에 관해서는 알려진 바가 없다. 저술로는《월봉집》이 있다.

월봉 무주 스님은 곧잘 "스스로의 마음이 부처이니 마음 밖에서 부처를 이루려고 하지 말라. 스스로의 마음이 법이니 성性을 떠나서 법을 구하지 말라"고 강조했다. 간단히 요약하면 월봉 무주 스님의 가르침은 자성불自性佛 사상이라고 할 수 있을 것이다.

중국 운문 스님의 화두 중 '체로금풍體露金風'이라는 말이 있다. 나뭇가지가 다 떨어진 가을나무처럼 우리도 허상을 다 벗어던져야 '참나'를 찾을 수 있다는 내용이다.

'참나'는 번다한 말로 설명될 수 없는 것이다. 이미 다른 무엇으로 꾸미려고 할 때 진여는 사라지게 된다.

그러니 뭔가를 애써 수식하려고 할 필요가 없다. 체로금풍의 나무처럼 알몸을 드러낼 때 우리는 자성불임을 깨닫게 된다. 그 경지에 이르면, '피리 불며 구름 속을 달리는 나무사내도, 가야금 타며 바다 위를 걷는 돌계집'도 보일 것이다. 박장대소하는 얼굴 없는 늙은이가 되면…….

가지마다 꽃잎은 지고

월저月渚 도안道安 스님[*]

빈산 달 밝은 밤에
깊은 숲 흔들리는 가지 따라 우는가
새벽 창 고요한데 그 소리 다가와
가지마다 피 흘려 꽃잎은 지고 있네

楚天明月窓山夜
啼在深林第幾枝
聲逐曉窓入靜處
血流春樹落花時

[*] 월저 도안 스님 (1638-1715)
평양에서 태어나 어린 나이에 출가해 천신 스님의 제자가 됐다. 금강산에서 풍담 의심 스님의 지도를 받은 뒤 진실을 발견
하는 안목을 얻게 됐다. 월저 스님은 계행이 깨끗했을 뿐 아니라 화엄학의 당대종장으로 명성을 떨쳤다. 나이가 들어서는
묘향산에서 오랫동안 주석했다.

중국의 동산 스님이 운암 담성 스님을 만났을 때 이렇게 물었다.

"생명 없는 물건이 설법을 할 때는 누가 들을 수 있습니까?"

"그야 생명 없는 물건이 들을 수 있지."

동산 스님은 다시 물었다.

"스님도 들으실 수 있습니까?"

"만일 내가 듣는다면 나는 평범한 인물이 아니므로 너는 내 설법을 듣지 못할 것이다."

이윽고 운암 스님이 주장자를 들면서 물었다.

"이 소리가 들리느냐?"

"아니오. 안 들리는데요. 물건이 설법한다는 얘기가 어디에 나옵니까?"

"《아미타경》에 물과 새와 나무, 모두가 불법을 외운다는 구절이 있다."

이 대목에서 동산 스님은 크게 깨달았다고 한다.

가지마다 피 흘리면서 꽃잎이 지니, 새들도 따라서 우는 게 바로 봄인 것이다. 우리의 삶인 것이다.

개울물이 팔만대장경을 누설하네

설암雪嵒 추봉秋鵬 스님[*]

저 개울물 소리는 이 광장설이라
팔만의 경전을 모두 누설하고 있나니
우스워라 늙는 부처여
사십구 년 동안 공연히 지껄였네

溪聲自是長廣舌
八萬眞經俱漏泄
可笑西天老釋迦
從勞四十九年設

설암 추봉 스님 (1651-1706)
월저 도안 스님의 제자로서 계행이 엄정하고 일체 경론을 통달해 뛰어난 변재를 갖췄다. 스님의 한 마디 한 마디에 감동받고 실득당하지 않는 사람이 없었다고 한다.

노자는 《도덕경道德經》에서 인간의 이상인 도道는 물과 같다고 설명했다.

가장 순수한 도는 물과 같다. 물은 만물을 이롭게 하면서도 고요하다. 물은 다른 사물들이 싫어하는 낮은 곳에 머물고 있다. 도인도 마찬가지다. 속세에 살면서도 깊고 고요한 마음을 지니고 있어서 세상에 두루 어진 사랑을 베풀 줄 안다.

실로 옳은 말이다.

설암 추봉 스님이 개울물 소리에 《팔만대장경》이 다 들어있다고 하는 까닭도 같은 이유일 것이다.

부처님이 이 세상에 나오시기 전에도 불법佛法은 처처處處에 편재遍在했다.

1천 년 전에도, 1만 년 전에도 구름은 흘러갔을 것이다. 구름 속에서 비가 내렸을 것이다. 비로 인해 냇물이 불었을 것이다. 흐르는 냇물에 꽃들이 몸을 맡기고 떨어졌을 것이다. 그렇게 냇물은 바다를 향해 흘러갔을 것이다.

가만히 보면, 흐르는 물소리는 물론이거니와 모든 자연의 소리는 이심전심以心傳心의 밀어密語를 누설하고 있다.

조주는 무슨 까닭으로 잣나무를 탓하는가?

무용無用 수연秀演 스님[*]

두견새 소리 속에 봄은 저물어가나니
어지러이 산꽃 지자 신록이 돋네
조주는 무슨 일로 뜰 앞을 더럽히어
잣나무가 까닭 없이 비린내를 띠게 하는가?

杜宇聲中春欲暮
山花亂落草初靑
趙州何事庭前汚
栢樹無端帶一腥

무용 수연 스님 (1651-1719)

고려 문양공 언총의 후예이다. 그는 유년에 제가백서를 탐독하고 19세에 출가하여 제방의 선지식을 탐방하였다. 선교의 깊은 뜻을 모두 체득하고 곳곳에서 종풍을 진작했다. 그의 문장은 유려하고 선기가 넘쳤으며 격외의 선지로 사물의 본질을 밝히는 대기대용이 있었다.

이 선시를 이해하려면 조주 스님의 '뜰 앞의 잣나무'를 알아야 한다.

한 학승이 조주 스님에게 물었다.

"달마 조사께서 서쪽에서 오신 뜻이 무엇입니까?"

"뜰 앞의 잣나무니라."

그러자 학승은 따지듯이 말했다.

"선사께서는 비유를 들어 말하지 마십시오."

"나는 비유를 들어 말하지 않는다."

학승이 다시 물었다. 조주 스님의 답은 이전과 같았다.

"뜰 앞의 잣나무니라."

그렇다면, 조주 스님이 설한 '뜰 앞의 잣나무'의 의미는 무엇일까? 조주 스님이 스승인 남전 스님에게 물었다.

"어떠한 것이 도道입니까?"

남전 스님이 답했다.

"평상심이 도다."

남전 스님은 조주 스님에게 이렇게 가르쳤다고 한다.

도라는 것은 알고 모르는데 있는 것이 아니다. 안다는 것은 망각妄覺이요, 알지 못한다는 것은 무기無記다. 도는 허공과도 같아서 텅 비어서 통하는 것이다.

산새는 창 밖에서 산 사람을 부르네

환성喚惺 지안志安 스님[*]

온종일 나를 잊고 앉아 있나니
봄은 왔지만 봄을 알지 못하네
산새는 중이 선정에 드는 것 싫어서
창 밖에서 산 사람을 부르고 있네

盡日忘機坐
春來不識春
鳥嫌僧入定
窓外喚山人

---

[*] 환성 지안 스님 (1664-1729)
춘천 출생이며 15세에 용문산으로 출가해 상봉 정원 스님의 제자가 됐다. 그는 경을 배우고 선의 진수를 터득한 후 기도
를 열심히 해 가피를 입었다. 그래서 스님의 수행 이력을 보면 신령스런 일과 대중을 불러들이고 따르게 하는 주술적 능력
을 갖고 있었을 뿐 아니라 혹세무민한다는 세간의 비난 때문에 끝내는 제주도로 유배 가는 파란만장한 삶의 궤적을 갖고
있다. 특히 영조 1년 금산사에서 화엄대법회를 열자 대중이 구름과 같이 모여 집권자들의 눈총을 사서 끝내는 혹세무민의
죄목을 씌워 제주도에서 적소謫所의 삶을 살다가 입적했다. 그러나 선사의 정신세계는 산새가 선정에 든 스님을 시샘하는
것까지 발견할 정도로 초탈되어 있었다.

담박澹泊한 선시다. 무엇보다도 번다하지 않아서 좋다.

옛날의 한시 비평에서도 시적 가치의 위계는 있었다. 중국 역대의 격格이론을 보면 예쁘거나 기이하거나 강렬한 것보다도 유원幽遠하거나 고고高古하거나 담박澹泊한 것을 격이 높은 것으로 생각했음을 알 수 있다.

산업화 이후 대중문화는 예쁘고 기이하고 강렬한 것을 선호하는 방향으로 나아갔다. 그래서 담박한 것은 시대에 뒤처진 것처럼 치부하게 됐다. 씁쓸한 현실이 아닐 수 없다.

한동안 도시에서 머물다가 산사로 돌아갔을 때 고적함을 느끼게 된다. 여기서 말하는 고적함은 단순한 외로움이 아니다. 외로움마저도 느낄 수 없는 평온함이라고 말해야 옳을 것이다. 산사에 돌아가면 우선 귀가 맑아진다.

제 이름을 부르면서 우는 산새 소리, 돌을 에돌아가 내려가는 개울물 소리에 귀 기울이다 보면 마음속 속진이 시원하게 날아가는 느낌이 든다. 그 순간 온전한 산인山人이 되는 것이다.

꿈속에서 서방정토를 건네

오암鰲巖 의민義旻 스님[*]

낮잠 들어
꿈속에서 서방정토를 건네
새 우는 소리에 문득 깨이니
여전히 이곳은 사바세계네

胡床[**]白日眠
夢踏西方路
黃鳥[***]一聲中
依前忍界土

[*] 오암 의민 스님 (1710-1792)
어머니가 돌아가시자 인생무상을 깨닫고 보경사로 출가해 각신 스님의 제자가 됐다. 쉬지 않고 경을 보고 깊은 교의를 깨달았다. 스님은 당시 《화엄경》, 《전등록 염송》 등에 일가견을 이룬 후 제자를 가르치는 데만 전념했다.
[**] 호상 胡床: 교의 의자
[***] 황조 黃鳥: 꾀꼬리

이 선시를 읽으면 신경림 시인의 〈여름날〉이 떠오른다.

버스에 앉아 잠시 조는 사이/ 소나기 한줄기 지났나 보다/ 차가 갑자기 분 물이 무서워 / 머뭇거리는 동구 앞/ 허연 허벅지를 내놓은 젊은 아낙/ 철벙대며 물을 건너고/ 산뜻하게 머리를 감은 버드나무가/ 비릿한 살 냄새를 풍기고 있다

'마천에서'라는 부제가 붙은 것을 보면 〈여름날〉은 신경림 시인이 마천을 지나다가 시감詩感을 얻은 것 같다.

어느 부분 오암 의민 스님의 선시와 신경림 시인의 〈여름날〉은 정서상 대척점에 서 있다고 할 수 있다. 오암 의민 스님의 선시는 세속적 욕망에 초탈해 있는가 하면, 신경림 시인의 시는 지극히 육감적이다.

오암 의민 스님은 꿈속에서는 서방정토를 걷지만, 깨어나 보니 사바세계임을 깨닫는다. 그래서인지 다소 황망함이 느껴진다. 반면 신경림 시인은 잠에서 깨어나서 바라보는 세계는 생명력이 살아서 꿈틀거리는 공간이다.

기실, 오암 의민 스님이 깨어나서 본 사바세계와 신경림 시인이 깨어나서 본 생명력이 넘치는 세계는 다르지 않을 것이다. 그리고 그 사바세계가 바로 서방정토인지도 모를 일이다.

온 누리가 꿈꾸는 집이니

보월普月거사

.

온 누리가 꿈이니
꿈속에서 꿈꾸지 말라
한바탕 부질없는 꿈 깨고 나면
아무 일도 없었던 몸이니라

天地是夢國
莫作夢中夢
曉月始覺夢
本來無事人

이 선시는 ≪관세음보살묘응시현제중감로觀世音菩薩妙應示現濟衆甘露≫란 책 가운데 실린 작품이다. 위 책은 감로법주甘露法主인 보월거사普月居士 정관이 1872년고종 9 겨울부터 1875년 여름에 걸치는 4년 동안 11회의 묘련사妙蓮社 법회에서 강설한 것을 묶은 것이다.

사람의 일생이 긴 시간 같지만, 넓은 시각에서 보자면 한낱 초저녁 풋잠에 꾼 꿈에 지나지 않을 것이다.

시간이란 참으로 오묘하다. 지나간 시간을 과거라 하고, 아직 오지 않는 시간을 미래라고 부른다. 하지만 우주의 모든 존재는 과거나 미래를 경험할 수 없다. 우리는 오직 현재만을 살고 있는 것이다. 이 찰나가 연속적으로 이어져 무한한 시간인 겁이라는 영원한 시간을 이루는 것이다. 사실 시간은 무형이다. 인간들이 임의대로 무형의 시간을 하루 24시간·1년 365일로 나누면서 유형의 시간으로 분리됐다.

세상은 무상하다. 이 도리를 깨달은 자가 부처이고, 이를 모르고 다람쥐 채 바퀴 돌듯이 아무 인식 없이 사는 자를 무지한 중생이라고 할 수 있다.

일 없는 가운데 일이 있다

경허鏡虛 성우惺牛 스님[*]

일 없는 가운데 할 일이 있으니
문고리 걸고 낮잠을 자네
어린 새가 나 홀로인 줄 알고
그림자 그림자 지면서 창 앞을 지나간다

無事猶成事
掩關白日眠
幽禽[**]知我獨
影影過窓前

경허 성우 스님 (1849-1912)
구한 말 불교에서 가장 뛰어난 선사이다. 전주에서 출생해 9세에 경기 광주 청계사의 계허 스님의 제자가 된 후 동학사 만
화 강백에게 일대시교를 마치고 23세에 만화의 뒤를 이어 강백이 됐다. 31세에 천안 등지에서 콜레라에 걸려 동학사로 돌
아와 문을 잠그고 삶과 죽음과 마주해 3개월 만에 활연대오한 선사이다. 이후 그는 부처와 조사에도 얽매이지 않고 계율
에도 속박당하지 않았다. 스스로 바람과 구름이 돼 무애자재하였다. 이로 인해 지금도 스님을 두고 기행을 일삼은 파계승
이라는 비난과 걸림 없는 자유인이라는 존경을 동시에 받고 있다. 56세에 갑산 강계로 들어가 난주라는 이름을 갖고 서당
훈장으로서 살면서 64세에 갑산 웅이방에서 입적했다.
유금 幽禽: 조용한 곳에서 사는 새

경허 스님을 대중에 알리는 데 가장 큰 역할을 한 것은 최인호 작가와 정휴 스님이다.

1987년 가톨릭에 귀의해 '베드로'를 영세명으로 받은 최인호 작가는 1994년 교통사고에서 기적적으로 살아났다. 그리고, 경허 스님의 '무사유성사無事猶成事, 일 없음이 오히려 할 일이라는 뜻'라는 말에 충격을 받아 불교소설 《길 없는 길》을 쓰게 됐다고 한다.

'인생人生'의 사전적 의미는 사람의 삶이다. 따라서 인생의 마침표는 죽음일 수밖에 없다.

그런가 하면 문장에는 항상 마침표가 있을 수밖에 없는데 예외가 있다. 바로 시詩다. 시는 주술관계의 호응이 어긋나도 된다. 시는 쉼표가 있어도 되고, 과하게 많아도 된다. 그리고 무엇보다도 시는 마침표를 써도 되고 안 써도 된다. 문법 밖에 있는 문학이 있다면 그게 바로 시다.

삶도 마찬가지다. 제도권 안에서만 산 사람은 제도권 밖을 모른다.

경허 스님은 그는 부처와 조사도 버리고 끝내는 절도 버리고 고독한 단독자로 일생을 보냈다. 누가 그의 고독의 깊이를 알겠는가?

눈에는 강물소리 급하고

경허 성우 스님

눈에는 강물소리 급하고
귓가에 우레바퀴 번쩍거리네
예와 지금의 인간만사를
돌사람이 알았다고 고개를 끄덕이네

眼裡江聲急
耳畔電光閃
古今無限事
石人心自點

경허 스님에게는 삼천대천세계가 자신의 삶의 무대였다.

경허 스님은 무애함을 지니고 있었다.

무애는 자유와 다르다. 자유는 세상의 구속에 대한 항거이다. 여기에 해탈의 의지가 추가될 때 무애가 된다. 경허 스님에게 평범한 일상은 권태로 느껴졌던 모양이다. 경허 스님은 의도적으로 파계를 일삼기도 했다. 경허 스님의 일화를 읽다 보면 때로는 야성적 광기가 만들어낸 난폭함에 고개를 흔들게 된다.

하지만 경허 스님은 술 마시는 일이 삶의 풍류가 되었지만 그 욕망에 집착하지는 않았다. 미친 여자와 잠자리를 같이하고, 나병에 걸린 여자와 침식을 할 만큼 경허 스님에게는 세상의 관념에서 초극해 있었다. 경허 스님에게는 미추가 따로 없었다.

경허 스님처럼 깨친 이는 석인石人과도 교감을 할 수 있는 모양이다.

할喝 소리에 물소리 끊어지고

경허 성우 스님

물에 할喝을 하니 물소리 끊어지고
저 산을 가리키니 산 그림자 지워지네
물소리와 산 그림자 전신에서 되살아나니
금 까마귀 한밤중에 높이 날고 있네

喝水和聲絶
豐山並影非
聲色通身活
金烏夜半飛

정휴 스님은 《슬플 때마다 우리 곁에 오는 초인》의 후기에서 아래와
같이 썼다.

경허는 단순한 기인奇人이나 농세弄世의 달인이 아니었다. 그는 몇 세대
를 앞당겨 산 슬픈 초인이었고, 근대 선종의 가장 뛰어난 선사였고 중흥
조였다.

백번 공감이 가는 말이다.
간혹 경허 스님의 글을 읽다 보면 기가 질려서 절로 입이 벌어질 때
가 있다.
독자들이여, 고함 한 번 질러 봐라.
어디 흐르던 물소리가 끊어지고 산 그림자가 지워지는가? 참으로 놀
라운 경지이다. 이런 것을 두고 죽이고 살리는 기용機用이 있다 하는 것
이리라.

콧구멍 없는 소

경허 성우 스님

문득 콧구멍이 없다는 말을 들으매
온 우주가 나 자신의 집임을 깨달았네
유월 연암산 아래 길
하릴없는 들녘의 사람이 태평가를 부르네

忽聞人語無鼻孔
頓覺三千是我家
六月燕巖山下路
野人無事太平歌

경허 스님은 어머니를 위해 설법해 달라는 간절한 청을 받았다. 경허 스님은 법상에 올라가 아무 말도 하지 않고 가사를 벗고 장삼을 벗었다. 그리하여 나중에는 입고 있는 옷을 다 벗어 실오라기 하나 걸치지 않은 알몸이 됐다. 이를 지켜보는 대중들이 붉어진 얼굴을 돌렸다.

경허 스님의 이 법문은 두고두고 인자에 회자됐다.

다시 생각해봐도 '온 우주가 나 자신의 집'임을 아는 자만이 할 수 있는 법문이다. 마음을 비우면 산천이 모두 비로자나 법신으로 보인다고 했다. 아마도 경허 스님의 눈에는 성속이나 미추가 따로 존재하지 않았을 것이다.

육신을 벗고 어디로 가는가

만공滿空 월면月面 스님[*]

착하기는 부처와 같고 악하기는 범을 능가하니
이 이가 바로 경허선사시라
이 육신을 벗고 어디로 가셨는가
술에 취한 채 꽃 얼굴로 누워있네

善惡過虎佛
是鏡虛禪師
遷化向甚處
酒醉花面臥

[*]만공 월면 스님 (1871-1946)
근대 선종 중흥조로서 경허 스님과 함께 가장 눈 밝은 선지식으로 평가받고 있다. 전북 태인에서 출생한 만공 스님은 공주 마곡사 토굴, 서산 부석사에서 경허 스님을 모시고 수행한 끝에 덕숭산 선백을 이었다. 1937년 2월 조선총독부 주최로 31 본사 주지회의가 열렸을 때 총독을 질타한 이야기는 지금도 회자되고 있다.

경허 스님이 입적한 지 3년이 지나서 삼수갑산에 있는 경허 스님의 묘 앞에 이르러 만공 스님은 오열嗚咽했다.

만공 스님은 준비해 간 삽으로 무덤을 헤치고 관을 뜯었다. 썩다 만 시신에서는 악취가 진동했다. 옆에 서 있던 혜월 스님이 인상을 찡그리면서 물러섰다.

이때 만공 스님이 혜월 스님에게 일갈을 던졌다.

"자네는 이때를 당해 어떻게 하겠는가?"

자네도 죽으면 자네의 시체에서는 썩은 냄새가 진동할 것이라는 뜻이다.

만공 스님은 그렇게 스승의 시신을 거두면서 진아眞我의 원적지를 발견하게 됐다.

뼈를 수습하여 돌아와 화장하고 영정을 모신 뒤 만공 스님은 스승의 모습을 돌이켜보면서 '착할 때는 부처와 같고 사납고 거칠 때는 범과 같은 분'이라고 읊었다. 그리고 '지금은 어디에 계십니까?'라고 반문한 뒤 '술에 취한 채 적정으로 누워 있다'고 영찬을 붙였다. 계율이 비록 깨달음을 담는 그릇일지라도, 경허 스님의 행장에 집착하거나 속박당해서는 그의 진면목을 볼 수 없을 것이다.

먹지 못한 두견이 솥 적다 우네

만공 월면 스님

예로부터 시비에 초연한 길손
난덕산에서 겁외가가 그쳤네
나귀 말도 태워 다하고 이 저문 날에
먹지도 못한 저 두견이 솥 적다 우네

舊來是非如如客
難德山止劫外歌
驢馬燒盡是暮日
不食杜鵑恨小鼎

경허 스님이 삼수갑산으로 들어가 종적을 감추자 만공 스님은 경허 스님을 만나지 못했다. 이름도 난주蘭州로 바꾸고 조그마한 마을에서 아이들을 가르치며 산다는 소식만 들었을 뿐 면영을 접하지 못했다. 이 작품은 난덕산에 묻힌 스승의 시신을 화장할 때 만공 스님이 지은 시이다.

만공 스님은 한 줌 재로 돌아가는 스승의 육신을 보면서 생사일여의 가르침을 깨달았을 것이다. 만공 스님은 스승의 위패를 모시고 충남 덕숭산 정혜사로 돌아왔다.

덕숭산의 법맥은 그렇게 계승되었다.

바위 아래 물소리는 젖는 일이 없어

한암漢巖 중원重遠 스님[*]

부엌에서 불 때다가 문득 눈이 밝았거니
이로부터 옛길이 인연 따라 분명하네
누군가 서래의 뜻을 묻는다면
바위 아래 물소리는 젖는 일 없다 말하리라

着火廚中眼忽明
從玆古路隨緣淸
若人問我西來意
岩下泉鳴不濕聲

한암 중원 스님 (1876-19510)

강원도 화천 금화에서 출생해 20대에는 제자백가를 두루 읽었다. 인생의 본래면목을 깨닫기 위해 한암 스님은 금강산 장안사로 출가했다. 청암사 수도암에서 경허 스님을 만나 내적 개안을 이룬 후 경허 스님의 제자가 됐다. 1941년 조계종이 출범했을 때 초대 종정宗正으로 추대돼 4년 동안 조계종을 이끌었다. 1951년 1·4후퇴직전, 국군이 인민군들에게 타격을 주기 위해 오대산 안의 모든 사찰을 소각시켰으나, 상원사만은 불에 타지 않았다. 야밤에 대원들을 이끌고 상원사로 와서 절을 불태울 것을 알리는 장교에게 한암 스님은 법당으로 들어가 좌정하고 앉았다. 장교가 나올 것을 강요하자 "나는 부처님의 제자다. 부처님은 이런 경우 이렇게 하라고 말씀하셨다. 당신은 장군의 부하다. 그러니 당신은 장군의 명령대로 어서 불을 질러라"라고 말했다. 장교는 부하들에게 법당의 문짝만을 떼어 불사르게 한 뒤 돌아갔다.

142

선사들도 성격에 따라 두 부류部類로 나눌 수 있다. 한 부류가 온건한 덕성을 지닌 분들이라면, 다른 한 부류는 격렬한 선기를 지닌 분들이다. 전자의 예로 중국의 위산 스님과 동산 스님을 뽑을 수 있고, 후자의 예로 중국의 임제 스님과 운문 스님을 뽑을 수 있다.

한국 근대사의 스님 중에서는 경허 스님이 전자에, 한암 스님이 후자에 속한다고 할 수 있다.

한암 스님은 "차라리 천고에 자취를 감춘 학이 될지언정 삼춘三春의 말 잘하는 앵무새의 재주는 배우지 않겠다"는 말을 남기고 서울 봉은사 조실 자리에서 물러났다. 이후 강원도 오대산으로 들어가서 27년 동안 동구 밖을 나오지 않았다.

일본 조동종曹洞宗의 사토佐藤泰舜 스님은 오대산 상원사에서 한암 스님과 선문답을 나눈 뒤 크게 감명을 받았다. 사토 스님은 어느 강연회에서 "한암 스님은 일본에서도 볼 수 없는 도인임은 물론 세계적으로도 둘도 없는 인물"이라고 평가했다.

위 시는 '세계적으로 둘도 없는 도인'인 한암 스님의 오도송이다.

바다 밑 제비집에는 사슴이 알을 품고

효봉曉峰 찬형燦亨 스님[*]

바다 밑 제비집에는 사슴이 알을 품고
불 속의 거미집에서는 고기가 차를 달이네
이 집안의 소식을 그 누가 알리
흰 구름은 서쪽으로 달은 동쪽으로 달려가네

海底燕巢鹿抱卵
火中蛛室魚煎茶
此家消息誰能識
白雲西飛月東走

[*] 효봉 찬형 스님 (1888~1966)

평남 양덕에서 출생했다. 일본 와세다대학 법학부를 졸업하고 평양 등지에서 판사 생활을 하다가 처음으로 사형 선고를 내린 후 판사직을 그만뒀다. 방황을 하다가 금강산 신계사로 출가했다. 법기암 토굴에서 1년 동안 밤낮을 잊고 정진한 끝에 깨달음을 얻었다. 1962년 통합종단 초대 종정을 역임했고 표충사에서 입적했다.

효봉 스님은 늦깎이 출가자다. 석두 스님에게 사미계와 함께 원명元明
이라는 법명을 받은 효봉 스님은 쉼 없이 정진했다. 엉덩이 살이 허는
줄도 모르고 화두일념에 미동도 하지 않아 '절구통 수좌'라는 별명까
지 얻었다. 하지만 깨달음에 대한 갈망이 컸던 효봉 스님은 드디어 생
사 결단을 내렸다.

1930년 늦은 봄 금강산 법기암 뒤에 단칸방 토굴을 짓고는 '깨닫기
전에는 죽는 한이 있더라도 토굴 밖으로 나오지 않으리라'는 맹세와 함
께 토굴로 들어갔다. 토굴에 들어간 지 1년 6개월 만에 밖으로 나와 효
봉 스님은 깨달은 바를 글로 남겼다.

효봉 스님의 오도송이 바로 이 글이다.

처음 두 행은 논리적인 사고로는 이해가 가지 않는 그야말로 선적인
기지가 돋보이는 구절로 이어져 있다.

그리고 '이 집안의 소식을 그 누가 알리'라고 자신감을 내보인다. 일
체 얽매임이 없는 효봉 스님의 경지가 그저 놀라울 따름이다. 현대 고
승의 오도송 중에서 뛰어난 오도송으로 손꼽힌다.

한평생 내가 말한 모든 게 군더더기네

효봉 찬형 스님

한평생 내가 말한 이 모든 것들
이 모두가 불필요한 군더더기네
오늘의 일을 묻는다면
달은 일천 강에 잠긴다 하리

吾說一切法
都是呈駢拇*
若問今日事
月印於千江

---

*변무 駢拇: 다섯 발가락 중에서 둘째 발가락이 붙어서 네 발가락이 된 것. 무용지물의 비유.

어느 해 봄 토굴에서 효봉 스님과 상좌가 좌선에 들어갔다. 일단 좌선에 들어가면 효봉 스님은 그대로 돌이 됐다. 효봉 스님이 잠시 해우소에 갔다 돌아오는데, 인기척에 놀랐는지 상좌가 벌떡 일어났다. 그러더니 상좌는 밖에 나가 도끼를 들고 와서 방구들을 파헤쳤다. 효봉 스님은 가만히 이를 지켜봤다. 마침내 방구들이 푹, 꺼지자 상좌가 소리쳤다.

"스님, 부처가 되면 뭐합니까?"

효봉 스님이 방구들이 꺼진 곳에 그대로 누워 버렸다. 다리를 쭉 펴고는 천장을 쳐다보면서 말했다.

"그래 맞다. 부처가 되면 뭐하겠노? 그만 두자. 그만 두고 놀자."

제자가 돌연한 행동을 통해 법을 묻자 효봉 스님은 방선을 풀고 그의 허점을 찌른 것이다.

방구들을 파헤쳤던 상좌는 노벨문학상 후보로 거론되는 고은 시인이다.

그런가 하면, 달진 스님이 "부처는 누구입니까?" 하고 묻자, 효봉 스님은 "그대는 누구인고?" 하고 반문했다.

효봉 스님은 가고 없지만 효봉 스님이 남긴 글과 일화는 여전히 대중의 가슴을 울리고 있다.

진흙소 거꾸로 타고 꽃 한 송이 들었네

경봉鏡峰 원광圓光스님*

바람 기운 허공 가득 누리에 두루하니
봄빛은 아닌데 가지마다 꽃 피었네
백은 천지 광명 속에
진흙소 거꾸로 타고 꽃 한 송이 들었네

風氣吞虛遍法界
不依春色萬枝花
白銀天地光明裏
倒騎泥牛把一花

*경봉 원광 스님 (1892-1982)
경남 밀양에서 출생했다. 16세에 통도사 성해 선사에게 득도했다. 제자백가를 두루 섭렵하고 일대시교를 통달한 후 혜월 스님에게 인가를 받았다. 26세에 깨달음을 성취한 후에는 생사에서 벗어난 무애자재한 삶을 살았다. 얼굴에 자비가 가득했던 스님은 찾아오는 이에게는 신분고하를 가리지 않고 근기에 따라 법을 설해 깨달음을 얻게 했다. 스님의 가풍은 조주 선사를 닮았는가 하면 대기대용은 임제 스님을 뛰어 넘었다. 큰 절 화장실보다 작은 삼소굴에서 우주를 손안에 쥐고 흔들다가 입적했다. 다비식을 봉행하던 날은 여름이어서 참으로 더웠는데, 맑은 하늘에서 천둥이 치고 소나기가 내려 사람들을 감동케 했다.

중국의 석두 스님은 구마라습의 제자 승조 스님이 지은 《조론肇論》을 읽다가 크게 깨달았다.

석두 스님은 '성인만이 만물이 자기와 하나라는 사실을 깨달을 수 있다'라는 구절에 이르러 감탄하면서 이렇게 설했다.

성인은 나라는 생각이 없고 법신은 형상이 없으니 어디서 나와 남이라는 분별이 끼어들겠는가? 둥근 거울은 빠짐없이 만물을 비춘다. 주관과 객관이 둘이 아닌데 간다 온다는 말이 어떻게 있을 수 있겠는가?

'천지와 나는 같은 뿌리에서 나왔고, 모든 만물은 나와 하나'라는 깨달음을 얻으면 바람만 부는 허공이 바로 법계라는 사실을 체득하게 된다. 그래서 경봉 원광 스님은 '봄이 아닌데도 가지마다 꽃이 피었다'고 말하는 것이다.

백은천지 광명 속에 진흙소 거꾸로 타고 꽃 한 송이 든 이, 누구인가?

새는 춘정을 못 이겨 우네

경봉 원광 스님

지난 밤비에 꽃은 졌는데
새는 춘정을 못 이겨 우네
가고 옴이 본래 없는데
흰 달만이 홀로 와 비추고 있네

夜雨花落城
鳥未盡春情
去來本來寂
白月唯照明

미진 未盡: 아직 다하지 못함

'일면불日面佛 월면불月面佛'이라는 화두가 있다. 마조 스님의 화두이다. 마조 스님이 임종 직전 누군가 병의 차도를 묻자 답한 말이다.

태양 같은 부처님은 대단히 오래 산다는 뜻이고, 달 같은 부처님은 하루밖에 못산다는 의미일 것이다.

대만 최고의 지성 오경웅 박사는《선의 황금시대》에서 '일면불 월면불' 화두가 장자사상에 뿌리를 두고 있음을 밝힌 바 있다.

장자는 "상자絶命한 인물처럼 오래 산 이도 없고, 팽조長壽한 인물처럼 일찍 죽은 이도 없다"고 말했다.

경봉 원광 스님이 선시에서 설했다시피 가고 옴이 본래 없다는 것을 깨닫고 나면 마음을 환히 비추는 흰 달을 볼 것이다.

경봉 스님은 당시에 수많은 운수들이 질문을 해오면 '보검은 죽은 시체에 사용하지 않는다'는 말로 운수들의 입을 봉해 버렸다.

천경만론은 이 무슨 물건인가

향곡香谷 혜림蕙林 스님 [*]

문득 두 손을 바라보자 전체가 살아나니
삼세의 모든 부처 내 눈 속의 환영이네
천경만론은 이 무슨 물건인가
이제부터 불조는 모두 목숨을 잃을 것이다.

忽見兩手全體活
三世佛祖眼中花
千經萬論是何物
從此佛祖總喪身

[*] 향곡 혜림 스님 (1912-1978)
경북 영일에서 출생했다. 16세에 천성산 내원사에서 득도했다. 운봉 스님에게 인가를 받고 여러 선원에 조실을 역임했다.
중국 마조 스님처럼 육중한 체구와 예리한 눈빛을 지녔다. 향곡 스님이 한 번 할을 하면 산이 기울고 못이 마르는 선기가
있었다.

향곡 스님은 현대 선종사에서 정신적 법등의 역할을 한 인물이라고 할 수 있다.

향곡 스님이 한 신도의 49재 영혼 천도 법사로 초청 받은 적이 있었다. 스님은 이날 법회에서 육체의 허상을 일깨워 주는 법문을 했다.

"육체의 구성 요인을 살펴보면, 흙, 물, 불, 바람으로 돼 있다. 죽음이란 이 네 가지 구성체를 버리는 일이다. 이제 육체는 흙, 물, 불, 바람으로 흩어져 가 버리고 없다. 이렇게 빈 공간만이 남는 이 자리에 자기 실체를 찾을 수 있겠는가?"

실로 옳은 말이다.

향곡 스님의 영정도 스님께서 오랫동안 주석했던 묘관음사 동해 앞바다 해조음으로 흩어지고 있는데………

돌 사람이 장작을 패고

향곡 혜림 스님

허공의 뼈다귀 속 돌 사람이 장작을 패고
활활 타는 불길 속에 나무 여자 물 긷네
수미산 동쪽 기슭 늙은 잔나비 울고
바다 밑 푸른 소나무에 학이 달을 물고 있네

虛空骨中石人劈木
大紅焰裡木女汲水
須彌東畔老猿嘯
海底青松鶴銜月

부목 劈木: 장작을 패다

향곡 스님이 스승인 운봉 스님과 주고받은 선문답은 가슴이 서늘할 정도로 선기가 번뜩인다.

향곡 스님이 말했다.

"천언 만언이 모두 다 몽중에 설몽이요, 모든 불조가 나를 속였습니다."

운봉 스님이 고개를 끄덕이면서 말했다.

"그래, 훌륭하다. 서래西來에 문인文印이 없는 것은 원래 전할 것도 받을 것도 없는 것이기 때문이다. 만약 무전수無傳受까지도 버리면 까마귀와 토끼가 동행하지 않으리라."

향곡 스님은 봉암사에서 백척간두 진일보의 정신으로 수행하면서 성전일구聲前一句를 체득할 수 있었다.

이 선시를 보면 청매 인오, 소요 태능 스님의 사상과 안목을 뛰어넘었다는 것을 알 수 있다. 다른 선시와 달리 향곡 선사의 선시에는 서정이 깔려 있어 아름다움까지 동반하고 있다.

동쪽 집에 말이 되었는가 서쪽 집에 소가 되었는가

성철性徹 퇴옹退翁 스님[*]

슬프다 이 종문에 흉악한 도적놈아
천상천하에 너 같은 놈 몇이나 되리
인연이 다하여 손을 털고 떠나갔으니
동쪽 집에 말이 되었는가 서쪽 집에 소가 되었는가

哀哀宗門大惡賊
天上天下能幾人
業緣已盡撒手去
東家作馬西舍牛

* **성철 퇴옹 스님 (1912-1993)**
경남 산청에서 출생했다. 현대 한국불교에서 가장 존경받는 인물이다. 대구 동화사 금당선원에서 첫 깨오를 이룬 후 봉암
사 선원에서 보림하고 깨침의 영역을 확대했다. 조계종 7대 종정으로 추대됐다. 〈산은 산이요 물은 물이로다〉라고 한 법
어는 지금도 많은 사람들의 입에 회자되고 있다.

이 선시는 향곡 스님이 열반했을 때 성철 스님이 남긴 조시이다. 이처럼 웅장하고 역설적인 미학을 노래한 선사는 중국에도 일본에도 없었다.

도반의 입적 소식에도 성철 스님은 조금도 흔들림이 없다. 그 어조만 보자면 조시라기보다는 축시에 가깝다고 할 수 있다. '이 종문에 흉악한 도적놈아'라고 악담을 퍼붓는가 하면, '천상천하에 너 같은 놈이 몇이나 되겠느냐'라고 조롱하기도 한다. 그런데 다시 생각해보면 악담이 아니라 칭찬이요, 조롱이 아니라 경의이다. 바로 선이 지니고 있는 역설의 미학을 십분 활용하고 있는 것이다. 마지막 구절에서는 도반을 보내는 황망한 심경이 느껴진다. 입적한 도반에게 일갈一喝을 할 수 있는 성철 스님이야말로 눈밝은 종장明眼宗師이 아니겠는가?

고은 시인은 시작노트에서 다음과 같이 말을 하여 독자들을 이상한 쾌감에 몰입케 한 일이 있다.

나는 장례식, 또는 임종 따위에 거의 광기로 몰두했다. 사람이 죽는 일, 죽은 사람을 묻는 일이 나에게 최상급의 희열을 얻게 해주었다. 〈중략〉 내가 아는 사람이나 내가 관련되어야 할 사람이 당분간 죽는 일이 없을 때는 아주 깊은 권태에 빠지거나 삶의 의미가 일방적으로 희미해진다.

그리고 남전 보원 선사의 속세 제자인 육궁 대부는 스승이 입적했다는 소식을 듣고 달려가 관을 두드리며 박장대소를 했다고 한다. 역설의 미학은 이해할 수 없는 쾌감을 준다.

황하의 물결이 곤륜산을 후려치니

성철 퇴옹 스님

황하는 서쪽으로 흘러 곤륜산 정상에 이르니
해와 달, 빛을 잃고 대지는 잠기네
넉넉히 웃으며 고개를 돌리고 서 있나니
청산은 옛날 그대로 흰 구름 속에 있네

黃河西流崑崙頂
日月無光大地沈
遽然*一笑回首立
靑山依舊白雲中

*거연 遽然: 급한모양 = 의연 依然: 태연한 모양(시 내용으로는 의연이 맞다.)

《보적경》가섭품에 보면 이런 구절이 있다.

연꽃은 진흙 속에서 살면서도 진흙에 더러워지지 않듯이 보살은 세속에 살면서도 세속의 일에 때 묻지 않는다. 사방에서 흐르는 여러 강물도 바다에 들어가면 짠맛이 되듯이, 여러 가지 일을 통해 쌓은 보살의 선행도 중생의 깨달음에 회향하면 해탈의 한 맛이 된다.

깨쳤다고 얼굴이 달라지지 않는다. 중생이 부처이고, 부처가 중생이라는 사실만 깨달았을 뿐. 그래서 깨달은 자는 넉넉히 웃으며 고개를 돌리고 서 있을 수 있는 것이다.

함허 득통 스님의 선시 가운데 다음과 같은 작품이 있다.

길을 걷다가 문득 고개를 돌려보니　　行行忽回首
산 뼈가 구름 가운데 서 있네　　　　山骨立白雲

성철 스님의 오도송 가운데 3행과 4행은 위에 소개한 함허 득통 스님의 선시와 이미지가 유사한 점을 발견할 수 있다.

한평생 사람들을 속였으니

성철 퇴옹 스님

한평생 사람들을 속였으니
그 죄업은 하늘에 넘치네
산 채로 지옥에 떨어져 그 한이 만 갈래니
한 덩이 붉은 해는 푸른 산에 걸렸네

生平欺誑男女群
彌天罪業過須彌
活陷阿鼻恨萬端
一輪吐紅掛碧山

*아비 阿鼻 : 아비지옥

성철 스님의 임종게이다.

성철 스님이 누구인가? 생불이라고 칭송받던 스님이었다. 그런데 성철 스님은 자신의 삶에 대해 '한평생 사람들을 속였으니, 그 죄업은 하늘에 넘치네'라고 한탄하고 있다.

왜일까? 두 가지 의미가 있을 것이다. 낮춤으로써 더 높은 자리에 오르는 '향상일로向上一路'의 가르침과 '인간의 본질을 깨친 자만이 뉘우치고 부끄러워할 줄 안다'는 가르침을 전하기 위함이리라.

다시 한 번 강조하건대 성철 스님은 대중 곁에 왔다 간 보살이었고, 부처였다.

그런가 하면, '한 덩이 붉은 해는 푸른 산에 걸렸네一輪吐紅掛碧山'라는 마지막 구절과 태고 보우 스님의 임종게 종장인 '한 덩이 붉은 해가 서산에 지고 있네一輪紅日下西峰'는 서로 이미지가 상통하고 있음을 발견할 수 있다. 선시에서 볼 수 있는 이미지의 중복성이다.

올 때도 죽음의 관문에 들어오지 않았고

고봉高峰 원묘 스님[*]

올 때도 죽음의 관문에 들어오지 않았고
갈 때도 죽음의 관문을 벗어나지 않았다
쇳뱀이 바다 속으로 들어가니
수미산을 쳐서 무너뜨리다

來不入死關
去不出死關
鐵蛇鑽入海
撞倒須彌山

고봉 원묘 스님 (1238-1295)
중국 원나라에서 태어나 15세에 출가하고 17세에 구족계를 받았다. 24세에 깨침을 얻고 41세에 천목산 서봉에 들어가 사
관死關을 짓고 16년 동안 자성을 직관하다가 57세에 열반에 들었다. 《선요禪要》의 저자로 잘 알려져 있다.

《법구경》에 이런 구절이 있다.

아무리 경전을 많이 외울지라도 이를 실천하지 않는 방종한 사람은 남의 소만 세고 있는 목자일 뿐 참된 수행자의 대열에 들 수 없다. 경전을 조금밖에 외울 수 없더라도 진리대로 실천하고 탐욕과 분노와 어리석음에서 벗어나 바른 지혜와 해탈을 얻고 이 세상과 저승에 매이지 않는 이는 진실한 수행자의 대열에 들 수 있다.

고봉 스님은 평생 '이 육신의 송장을 끌고 다니는 이놈이 무엇인가?'라는 화두를 참구했다고 한다. 육신의 송장을 끌고 다니는 놈의 정체를 아는 이, 그가 바로 진실한 수행자일 것이다. 그런 자만이 수미산을 쳐서 무너뜨릴 수 있을 것이다.

천당으로 가지 않고 지옥으로 가고 싶네

곡천谷泉 대도大道 스님*

오늘은 유월 육일
나 곡천은 죄를 톡톡히 받았으니
이제 천당으로 가지 않고
지옥으로 들어가리

今朝六月六
谷泉受罪足
不是上天堂
便是入地獄

*곡천 대도 스님
송나라 때 운수로서 산속 깊은 암자에서 수행했다. 억울하게 누명을 쓰고 성 쌓는 노역을 하는 중에 어느 순간 육신을 버릴 때임을 알고 임종게를 남기고 앉은 채로 입적했다.

곡천 대도 스님은 미치광이처럼 때 묻은 얼굴로 지냈다. 종이로 만든 옷을 입고 다녀서 스님이 지날 때면 여기저기서 구경꾼이 모여들었다. 스님은 구경꾼들에게 노래로 화답했다.

"미친 중의 꿰맨 곳 없는 종이 적삼은 고운 바늘로 세세한 정성 찾는 것일세. 입고서 한 철 넘기자는 것일 뿐이니 누에치는 고생에 애쓰는 신도를 차마 볼 수가 없소. 설령 비단옷 천 벌이라도 필요한 건 무서운 추위 막아 내는 것일세."

노랫말만 봐도 스님이 얼마나 세속의 욕망으로부터 초탈한 이였는지 알 수 있다. 아마도 스님이 입고 다녔다는 종이옷은 천의무봉天衣無縫의 옷이었을 것이다. 매미의 날개처럼 여름 한 철 울고 나면 가벼이 벗어던 질 수 있는 그런 무욕의 옷.

이렇게 왔다 이렇게 간다

대혜大慧 종고宗杲 스님[*]

이 세상에 온 것도 이와 같더니
이 세상에 떠나는 것도 이와 같구나
오고 감이 한결같아
맑은 바람이 만리에 부는구나

來也如是
去也如是
來去一如
淸風萬里

[*] 대혜 종고 스님 (1089-1163)
중국 안휘성 선주 영국현에서 출생했다. 명교 스님에게로 출가했다. 조동종 선지식을 친견하고 그 후 천녕사에서 원오 극
근 선사의 법을 이어받았다. 간화선을 주장한 대표적인 선사이며 지금도 화두를 들고 수행한 우리나라 수행자들이 원오
의 간화선 법문을 귀담아 듣고 있다. 한때는 형주로 귀양을 갔다가 다시 유배지를 매주로 옮겼다. 17년 만에 석방되었다
니 그의 유배 생활이 얼마나 어려웠던가를 알 수 있다. 그를 따르던 제자 100명이 풍토병에 걸려 목숨을 잃기도 했다. 그
후 정치적으로 복권되어 광리사, 영지사, 보녕사 주지를 역임했다. 천동 정각 스님과의 묵조선에 대한 논쟁은 지금도 회
자되고 있다.

《숫타니파타》에 이런 구절이 있다.

익은 과일은 떨어지기 마련이다. 태어난 자는 죽음을 피할 길이 없다. 젊은이도 장년도, 어리석은 이도, 지혜로운 이도 모두 죽음에 굴복할 수밖에 없다. 보라, 친척들이 애타는 마음으로 지켜봐도, 사람들은 때가 되면 도살장으로 끌려가는 소처럼 사라져갈 수밖에 없다.

죽음이 없었다면 종교는 없었을 것이다. 어찌 보면 종교는 죽음에 대한 탐구라고 할 수 있다. 그렇다면 종교인으로서 지녀야 할 죽음에 대한 철학은 무엇일까?

이에 대한 해답으로 필자는 '여如'라는 글자를 보이고 싶다.

이 선시에서 대혜 종고 스님은 '여'라는 글자를 세 차례나 쓰고 있다. 이 세상에 온 것도 이와 같더니, 이 세상을 떠나는 것도 이와 같구나. 오고 감이 한결같구나.

그렇다. 이와 같이, 한결같이 살면 되는 것이다. 이와 같이, 한결같이 가면 되는 것이다. 우리가 떠난 자리에도 청풍은 만리萬里까지 불 테니까.

선시는 언어의 근원이다.
그런 까닭에 선시는 존재의 음성에 순종하며 존재에게 언어를 구하는
지극히 성스러운 작업이라고 할 수 있다.

저 높고도 높은 곳에 있는 우뚝한 이여
누가 그 푸른 눈을 열겠는가
석양의 산빛 속에
봄새는 홀로 이름을 부르네

맑고 고요하여 본래 한 물건도 없나니
신령스런 불꽃만이 온 누리를 비추고 있네

향적 스님의 선시해설

선시, 우리를 자유롭게 한다

초판 1쇄 펴냄 2014년 3월 27일
개정초판 1쇄 펴냄 2014년 4월 17일
개정 1판 5쇄 펴냄 2018년 1월 31일

저　　자 | 향적 스님
발행인 | 전설정
편집인 | 김용환
펴낸곳 | 조계종출판사

출판등록 | 제2007-000078호.(2007.4.27)
주　　소 | 서울 종로구 삼봉로81 두산위브파빌리온 230호
전　　화 | 02-720-6107~9　　팩　스 | 02-733-6708
홈페이지 | www.jogyebook.com

ⓒ향적, 2014
ISBN 979-11-5580-011-9　03800